騎士団長に攻略されてしまった!

桜猫
SAKURANEKO

ノーチェ文庫

登場人物紹介
ジェラール
個性豊かな
聖ステラ騎士団を束ねる団長。
柔和で頼りないようにも見えるが、
剣術に長けた天才。
さりげなく腹黒い一面も。
シルフィーナ
聖ステラ騎士団唯一の女騎士で、
剣の腕前は団内で五指に入るほど。
剣の道一筋で過ごしてきたため、
恋愛経験はほぼゼロ。
生真面目で少々押しに弱い。

オードリック
白獅子騎士団の団長。
強くてやさしい、
シルフィーナの憧れの人。
マーキス
シルフィーナの後輩。
天使のような
顔立ちに似合わず、
肝が据わっている。
ヨアヒム
シルフィーナの同期。
多少がさつだが、
面倒見がよく
頼れるタイプ。
テオドール
シルフィーナの父で、
凄腕の元剣士。
現在は隠居生活を送っている。
娘ラブ。

目次

騎士団長に攻略されてしまった！

第一章　それはキスから始まった

1　不本意な結果

「はい、僕の勝ち。約束通りキスはいただきますね」

目の前の眼鏡越しの青い目がふっと細くなり、シルフィーナは彼が微笑んだのだとわかる。それから柔《やわ》らかな感触が彼女の唇を覆《おお》った。ふわり、と羽のように軽やかに触れるだけのキスだ。

その温もりを感じたのは、ほんの一瞬だけ。すぐに彼は唇を離した。

しかし、彼女は呆然《ぼうぜん》と立ち尽くし続ける。紫水晶《アメジスト》のような目を見開いたまま、頭の高い位置でまとめた長い黒髪を春のそよ風にやさしく撫《な》でられて揺らしながら。

ここは、騎士団の屋外訓練場。シルフィーナは仲間の騎士たちが見守る中、団長と一戦交えたあとだった。

シルフィーナは白の騎士服に身を包んだ凛《りん》とした雰囲気の女騎士だ。今年入団二年目で、歳は十九になる。

訓練で鍛えられた体は引き締まっており、健康美溢《あふ》れる体つきだ。ウエストは締まっており、騎士服の上からはわかりにくいが、お尻はきゅっと上向きで弾力がある。

そんな彼女の後方に、一振《ひとふ》りの剣が物悲しく落ちていた。

「嘘だ……」

（こんなの信じられない。信じたくもない）

シルフィーナは自分がこんな男に負けたなどと、どうしても認めたくなかった。

目の前に立つ男はどうしたものかな、と困ったように笑みを浮かべている。それがシルフィーナを苛《いら》つかせた。

「あの～なんだか勝っちゃって申し訳ありません。ですが、君のキスがかかっているとあれば放っておくわけにもいかず」

許してくださいね、と彼は微笑み、眼鏡をくい、と指で持ち上げる。

「嫌だ……」

「シルフィーナさん……」

「嫌だ、こんなのは認めないっ。もう一度、私と勝負しろ！」

彼女は目の前の男に吼《ほ》えた。すると彼はやれやれと溜息を吐く。

「……何度やっても結果は変わらないと思いますが、それでよろしければ――しかし僕も、ただでというわけにはいきませんねぇ。なにかメリットがなくては」

「そんなもの、あとで決めればいいだろう！　この勝負、受けるのか受けないのかはっきりしていただきたい！」

シルフィーナは噛み付かんばかりの勢いで相手に詰め寄る。

「ひえっ。おっかないですねえ」

（この程度で怯《ひる》むとは情けない……こんなのが我が騎士団の団長だなんて信じたくない）

シルフィーナは苛立《いらだ》ち舌打ちした。そう、今、年下の彼女に詰め寄られているのは聖ステラ騎士団の団長であるジェラールだ。

聖ステラ騎士団はワイアール国にある騎士団の一つで、王都の教会と連携した騎士団である。国直属の白獅子《しろじし》騎士団が王都の中心部を、聖ステラ騎士団が王都のそれ以外を警備していた。

聖ステラ騎士団の騎士服は白を基調にした制服で、丈夫な布地でできており、袖《そで》ぐりに一本と、胴体部に縦に二本のロイヤルブルーのラインが入り、銀のボタンがついている。胸元のジャボは、青い宝石が埋め込まれたブローチで留めている者が多い。しかし、人によってリボンタイやネクタイとバリエーションがある。そして白のブーツ。シルフィーナとジェラールはロングブーツを好んで履いている。

団長の制服はひと目でそれとわかるように、一般の騎士よりも上着の丈が長く、足首まである。騎士団長であるジェラールはすらりと長身で、その騎士服がよく似合っていた。目が隠れるほど長い前髪と、尻尾《しっぽ》のようなうしろ髪が、彼のトレードマークだ。漆《しっ》黒《こく》の髪と眼鏡が、理知的な雰囲気を醸《かも》し出している。

しかし、それは彼が堂々と振る舞っていればの話だ。彼はどこか抜けていて、しょっちゅう頭をぶつけたり書類をぶちまけたりしている。勤続十年の騎士団長でありながら、部下のシルフィーナに詰め寄られている現状からして頼りない。二十七歳だと言われてもとても信じがたい。

が、これはあくまで騎士団内での話。ひとたび外に出れば、彼は周囲に一目《いちもく》置かれている完璧な騎士なのだ。

「団長、とっとともう一度、勝負して負けてあげたらいいじゃないですか」

その場に居合わせた他の騎士たちから同じような声が次々と上がる。若手騎士の彼らは、シルフィーナがジェラールと勝負する前に、彼女に挑み負けた者たちだった。

「君たち。失礼な言い方をしちゃいけません。騎士ならば手抜きされて勝っても嬉しくないでしょう」

年長者らしく周りを窘《たしな》めるジェラール。

どうしてこのようなことになったのか、事の発端《ほったん》はこうだ。

王城の敷地内にある騎士団の訓練場で、シルフィーナはいつものように剣の稽古《けいこ》に励んでいた。周りには、彼女と入団時期の近い男性騎士が数人。すると彼らが、とんでもないことを言い出したのだ。

「普通にやりあっててもつまらないな。なにか賭《か》けをしないか?」

「あっ、なら、シルフィーナのキスを賭《か》けて戦うってのはどうだ? 彼女と勝負して勝てばキスをする権利を得る」

「おお、それはいいな!」

「こら! お前たち、勝手に盛り上がるな。私は断じてキスなんかしないぞ」

(まったく、これだから男は……まあ私がこの騎士団で唯一の女だから、的《まと》にされやすいのもわからなくはないが。私は、貴様らの慰《なぐさ》み者ではないぞ!)

シルフィーナは剣を鞘《さや》に収め、会話に加わった。少し汗ばんだ肌は仄《ほの》かに上気している。その様子を見ていた他の騎士たちは、顔を赤くし、ごくりと生唾《なまつば》を呑み込んだ。

「ふーん。さてはシルフィーナ、俺に負けるのが怖いんだろ」

「そんなわかりやすい挑発に乗るか、馬鹿が」

「そんなつれないこと言いなさんな、ほっぺにちゅーでいいからさ」

「そんなもの、酒場の女にいくらでもしてもらえばいいだろう」

（根は悪くないが困った奴らだ。いくら女に飢《う》えてるとはいえ、なぜ私なんだ。ドレスで着飾ったり、男受けのいい格好をしていたりするわけでもないのに）

「ほっぺにちゅーくらい、いいじゃないですかー、シルフィーナさーん」

そう言うのは最年少のマーキスだ。まだ十七歳の彼は身長こそあれ体が細く、ひょろっとして見える。明るい茶色の髪にぱっちりとした青い瞳が印象的な、可愛い感じの少年だ。天使像のような巻き毛で、愛らしい顔をしている。もっとも数年後はどうなるかわからないが。

「お前な……彼女ができたんじゃなかったか？」

「速攻でふられちゃいましたよ、そんなの。なんか僕のほうが痩せてるのがダメって理由で」

「……それは、ご愁傷様《しゅうしょうさま》」

周りの騎士たちは声を上げて笑っている。

「だからぁ、傷心のかわいそうな僕に、ほっぺちゅー恵んでくださいっ」

言いながらマーキスは、シルフィーナの手を両手で力強く握り締めた。

「私がそんなことをする人間に見えるのか？」

「見えません。だから勝負に勝ったらって条件をつけて譲歩《じょうほ》したんです。シルフィーナさんみたいな美人さんにちゅーしてもらったら、めっちゃ元気になるんで！」

「……軽い……お前のその軽さも、振られた一因じゃないのか？」

思わず呟いてしまうシルフィーナ。

「あ、ひっどーい！　傷ついたー、めっちゃ傷ついたー！」

わざとらしく大げさに傷ついたふうを装《よそお》うマーキスである。しかし、実際は特に傷ついてはいないに違いない。

「おいおい、ひどいなシルフィーナ。後輩を苛《いじ》めたらダメなんだぞ～」

「これは勝負を受けてやらないと、収まりがつかんぞ、シルフィーナ」

「うぐ……」

他の騎士たちの悪ノリ兼つっこみに、シルフィーナは眉間に皺《しわ》を寄せる。

（とんだ言いがかりだ。こんな馬鹿げた理由で、ほっぺちゅーとやらをしろと？　この勝負を受ける義務はない）

「おい、手を放せ、マーキス」

（とっとここから離れよう。それがいい）

「じゃあ、勝負を受けてください。負けたらすっきり諦《あきら》めますから！」

立ち去ろうとしたそのとき真っ直ぐに見つめられ、シルフィーナは不本意ながら頷く。

「う…………わ、わかった」

彼女は少々押しに弱いのと、純粋な気持ちで言われると断ることができない性分《しょうぶん》だった。

「わーい、やったー！」

両手を上げて喜ぶマーキスにやれやれと溜息を吐きながら、シルフィーナは鞘《さや》から剣をふたたび抜く。

すると、マーキスも素早く剣を抜き身構える。その瞳には楽しげな光が宿《やど》っている。

「手加減しませんよ、シルフィーナさんっ」

「ふん、望むところだ」

互いの視線がかち合い、剣が一閃《いっせん》する。怯《ひる》むことなく懐《ふところ》に飛び込んだシルフィーナの動きに、マーキスは体勢を崩しよろめく。シルフィーナはそこを見逃《みのが》さず、彼の右足を払った。あっさりと仰向けに倒れた長身の彼の喉元に、すかさず切っ先を突きつける。

「あちゃー秒殺されちゃった。残念」

「私はほっとした。キスをしなくて済んだ」

シルフィーナはくすりと笑い、倒れたマーキスを引っ張り起こしてやる。

「ちぇー、つまんなーい。さて、負けた僕はなにをしたらいいですか？」

「いや、別になにも……」

「えっ、欲がなさすぎですよ。僕にほっぺちゅーさせるとかでも全然……」

そんなマーキスをシルフィーナは冷めた目で見つめる。

「やだなー、もう。冗談ですってば」

訝《いぶか》しんでいると、マーキスが笑った。

「ほんと、なんというか、シルフィーナさんて自分の価値、わかってないですね？」

シルフィーナはその辺の若い娘より断然美しく、剣の腕も確かだった。在籍二年目と若手騎士ではあるが、彼女の実力はこの聖ステラ騎士団の中でも五指《ごし》に入るものだ。

騎士団の中にはそんな彼女に憧《あこが》れ、淡い恋心を持つ者も多い。しかし当の本人は色恋沙汰《ざた》に疎《うと》く、浮いた噂の一つもない。まあ、平たく言うとやや鈍感なのだ。

騎士としての凛々《りり》しい面もよいが、ドレスを着れば美しい淑女《しゅくじょ》に化《ば》けるであろうことは誰の目にも明らかだ。

「なんのことを言っているんだ？」

シルフィーナは訳がわからず問いかけるも、なぜか周囲から憐《あわ》れみの視線を向けられる。しかし彼女が困った顔をすると、仲間たちの表情はやさしく綻《ほころ》んだ。

「いいえ、なんでもないでーす！　シルフィーナさんは、ずっとそのままでいてくださいね。騎士になるために、それだけ脇目も振らず頑張ってきたってことです」

確かに自分は、ある事件をきっかけに騎士になろうと決めた。それからは鍛錬《たんれん》に明け暮れる毎日を送ってきたのだ。しかし、それと今の話になんの関係があるのか。

シルフィーナが首を捻《ひね》っているうちに、別の仲間が喋《しゃべ》りだす。この筋肉質な騎士の名は、ヨアヒムという。シルフィーナと同じ十九歳で、入団して二年目の同期でもある。

「よし！　シルフィーナ、今度は俺が相手だ」

「お前が私に勝てると思うのか？」

「うわ、いきなり痛烈な一言を……本気でいくぜ!!」

「受けて立つ」

シルフィーナは剣で斬りかかってくる彼を、さらりと躱《かわ》す。それを想定していた様子のヨアヒムは大きく足をうしろに振り上げ、シルフィーナの不意をついて一撃入れた……はずだったのだが。

「ありゃ、手応《てごた》えなし？」

「どこを見ている」

落ち着いた一言と共に、ヨアヒムの鳩尾《みぞおち》に彼女の繰り出した剣の柄《つか》がめり込む。ので
はなく、トンと軽く当たった。手加減してやったのである。

「あーっ！　くやしーっ！　寸止めされたーっ！　いっそのこと勢いよくやってほし
かった……」

彼は地に膝と両手のひらをつき、がくりと肩を落とした。

こんな調子で、あっという間に五人が地に伏《ふ》した。

そこへ最後に名乗りを上げてきたのが、ちょうど訓練場の前を通りかかった騎士団長
のジェラールだった。

「なにやら楽しそうじゃないですか。僕も交ぜてください」

「あ！　団長！」

「団長、敵《かたき》を討《う》ってくれ！」

「人を悪者みたいに言うな」

（こっちはやりたくもない、キスを賭《か》けた勝負に付き合ってやったというのに）

シルフィーナは今しがた負かした騎士たちを、じとっと見つめた。

「だってお前、まだ二年目の癖にやたら強いしよ……いくら剣士の親父さんに稽古《けいこ》をつけてもらっていたからって、ずるい」

するとマーキスも楽しそうに話す。

「あれですねぇ、シルフィーナさんは生まれつき剣の才能があったんですね。父親譲りの」

「確かに父に剣を教えてもらっていたが……昔のことだ」

シルフィーナの父、テオドールは凄腕《すごうで》の剣士で、その剣の腕で家族を食べさせてきたほどだ。各地で剣の大会が催《もよお》されると、そこが多少遠くても多額の賞金目当てに赴《おもむ》いた。

そういうわけで、シルフィーナは幼い頃から父が一週間、長いときはひと月ほど家を空けるという生活が当たり前となっていた。なぜ自分の住む屋敷には、よその家みたいに毎日父親がいないのだろうと寂しい幼少期を過ごしたものだ。かといって、まったく愛情を受けなかったわけではない。

独身時代から剣の腕で食べてきた彼女の父は、大金持ちだ。あるときは弟子《でし》を取り、あるときは城の剣術指南として働いていた。そして、大金を稼いだ彼は早々に隠居し、城下町に居《きょ》を構えている。母は三年前、病気でこの世を去ったので、現在は一人暮らしだ。

「あの～、僕との勝負は……」

そこへ会話の外で置いてきぼりにされていた団長のジェラールが、申し訳なさそうに口を挟んでくる。

「シルフィーナさん、僕とも手合わせをお願いしたいのですが」

眼鏡を指でつい、と上げながらジェラールに問いかけられる。

「団長も私なんかのキスに興味があるんですか？」

一応相手が団長なので、丁寧語で話す。

「いやぁ、あはははは。通りかかったら話が聞こえちゃいましてねぇ。ここは団長である僕が幕を引いてあげなくちゃって思いまして」

（そういえば私、団長が剣を手にしてるところ見たことないんだよな。私が知っている団長といえば、服のボタンを掛け間違えてたり、頭にかけた眼鏡に気づかなかったり、段差でつまずいてたり――ろくなもんじゃない。いつも事務処理みたいなことばかりしてるし、この人、本当に剣を扱えるのか？）

それでも団長と手合わせできるせっかくの機会だし、やるだけやっておくかと、シルフィーナは勝負を受けることにした。

「わかりました。ではさっそく始めましょう。剣をお持ちでないようなので、訓練用のでいいですか？」

するとジェラールは微笑みながらこう言う。

「いえいえ、僕はこの木刀で十分ですよ」

と、近くの壁に立てかけてあった木刀を手に取った。

「それは……私を馬鹿にしているのですか？」

ほんの少しだけシルフィーナの目つきが険《けわ》しくなる。

（お遊びの勝負とはいえ、こっちは抜き身の剣で戦うんだぞ？　人を見くびるにも程がある）

「決してそのようなことは。でも、女性の体に傷をつけたくありませんので」

シルフィーナに軽く睨《にら》まれるも、意に介《かい》さず相変わらずのほほんとしているジェラールだ。彼は手にした木刀をすっと片手で構える。

「っ!?」

そのとき一瞬にして彼を取り巻く空気が変わったのを感じ、シルフィーナは驚いて初動が遅れてしまった。気がつけば身を切るような鋭い一突きが右頬を掠《かす》めていった。

「な……っ」

ただのお飾り団長だと思っていたのに、予想外のことに思わず驚きの声が漏れてしまう。

「えええーっ!?」

「嘘だろ……」

「団長って実は強かったんですか⁉」

「……君たち、僕を一体なんだと思ってたんです？　実力のない者に団長が務まりますか。やだなぁ、もう」

さっきの鋭い一撃が嘘だったのかと思うほどに、ふたたびのほほんと気の抜ける笑みを浮かべている。

「僕の一撃を見切ったのはさすがですね。シルフィーナさん。ですが……」

ジェラールの青い瞳が、瞬時に捕食者のそれに変わる。さっきまでのほのぼの感が消えうせ、まるで別人だ。殺気に近いものを感じて、シルフィーナは一瞬身動きが取れなかった。

そのわずかな隙にジェラールの木刀が目にも留まらぬ速さで繰り出される。後方でカランと乾いた音がしたことで、シルフィーナは手にしていた剣が弾《はじ》き飛ばされたのだとわかった。

「僕の敵ではありません」

「……そんな……信じられない」

シルフィーナは呆然《ぼうぜん》と目の前のジェラールを見つめる。思わず指が震えた。

「はい、僕の勝ち。約束通りキスはいただきますね」

――こうしてシルフィーナはジェラールにキスされることとなったのだ。

2　予想外のお願い

どうしてこうなった。

そう思わずにいられないシルフィーナである。

（こんな遊びの試合に負けた代償《だいしょう》としてキスされることになるなんて。私のキスは、初めてのキスは……大好きな人とって思っていたのに！）

そのとき彼女の脳裏に一人の少年の姿が浮かんだ。

彼――シルフィーナの初恋の相手は、自分が騎士団を目指すきっかけとなった、ある事件にも関係している。

今から十年前、彼女の住む館《やかた》が何者かに襲われ火を放たれた。そのときの彼女はまだ剣を手にしたこともない、幼くか弱い九歳の少女だった。必死で家族を探し、燃えさかる館《やかた》の中を逃げ回っていたとき。無情にも彼女の頭上の天井が崩れ落ち、その下敷きに——なったかに思われた。

しかし彼女は助かった。一人の少年が降ってくる天井を剣で切り裂き、彼女を炎の海から助け出したのだ。

顔も名前も知らない少年は、恐らく十代後半だったように思う。覚えているのはその背中と、卓越した剣捌《けんさば》きだけ。

だが、この火事がまだ幼い少女だったシルフィーナの心に大きな傷をつけ、それは今なおトラウマとなっている。

以来彼女は、燃え盛る炎を見ると体が竦《すく》んでしまうようになっていた。

——炎恐怖症である。

この事件がきっかけで、彼女は顔も名も知らぬ少年に憧《あこが》れて騎士を目指し、剣士である父について学び騎士団へやってきたのだ。少年への想いは、憧《あこが》れというよりは初恋だ。

城お抱え凄腕《すごうで》剣士であった彼女の父は、騎士たちに剣を教えるほどの実力者であった。剣を学ぶのに、これほどうってつけの師は他にいなかった。実際、彼女の父親は優《すぐ》れた剣の師でもあった。

その父の血を引いているシルフィーナもぐんぐんと剣の腕を上げ、とうとう騎士団に入るまでになった。

そしてシルフィーナは入団したその日、白獅子騎士団の団長であるオードリックと知り合い、騎士の鑑《かがみ》のような彼に惹《ひ》かれた。城内にあるサフラという木が限りなく白に近い薄桃色の可憐《かれん》な花を咲かせ、その五枚からなる丸い花びらが雪のように舞う日だった。

できれば彼と同じ騎士団に入りたかったのだが、白獅子騎士団は定員に達し新規入団を受け付けていなかった。よって、当時まだ空《あ》きのあった、この聖ステラ騎士団へ入団したのだ。

（本当はオードリック様とお近づきになりたいのに、ことあるごとにちょっかいを出してくるのはうちの団長だったりするわけで……。誰も頼んでないのに剣の指南とかしてくるし。そりゃあ団長だから部下の面倒を見るのは仕事のうちかもしれないけど。これがオードリック様だったらどんなによかったか！）

そんな内情もあり彼女は怒っていた。触れただけとはいえキスされたことと、目の前の男に勝てなかった自分に。

どうしても負けを認めたくなくて、抑えきれない怒りと共に再度勝負をしろと詰め寄ったというわけだ。

「団長、もう一度手合わせを」

静かに剣を構えるシルフィーナは、怒りと悔しさでぎらぎらと燃えていた。

だがジェラールが不快に思う様子は微塵《みじん》も感じられない。むしろ自分に真っ直ぐに向かってくる姿勢に感心しているようだ。

「わかりました。お相手しましょう。僕が勝ったら一つ言うことを聞くんですよ？」

柔《やわ》らかな笑みを浮かべ、ジェラールも木刀を再度構える。どこか大人を子供の遊びに付き合わせているような感覚を覚える。

「わかった」

シルフィーナは深呼吸と共に肩の力を抜き、しっかりとジェラールを見据える。当のジェラールは相変わらずにこやかで緊張感の欠片《かけら》もない。

「ふっ」

先に攻撃を仕掛けたのはシルフィーナだ。ジェラールに鋭い突きを連続して浴びせる。しかし彼はそれをいとも容易《たやす》く受け流していく。必死で打ち込むシルフィーナと違い、ほとんど力を入れていないように見える。

シルフィーナと剣を交えながら、ジェラールはなぜかどこか懐かしそうな顔をしていた。遠い昔を思い出しているような表情で「よく似ている」と呟いた。今、彼は誰を思い出しているのだろう。それに、そんな遠い目をして思い出に浸《ひた》るほど昔から彼を知っているわけでもない。第一、自分との勝負中に別のことを考える余裕を見せられた事実に腹が立つ。

「うわ、すっげえ攻防」

興奮気味に叫ぶヨアヒムの声が耳に届く。

「シルフィーナさんも団長もすごいですね～！　僕じゃ、この速さはついていけないいな」

マーキスは目を皿のようにして二人の動きを凝視《ぎょうし》する。

「ふふ、遊んでいるね。ジェラールは」

そこへ通りかかったオードリックがマーキスの隣にやってきた。目の前では変わらず激しい攻防が続いている。

「オードリック様！」

若手騎士たちは慌てて場所を空けた。

「なにやら盛り上がっているのが聞こえてきたんでね、覗《のぞ》きに来たらこれだ」

そのオードリックに気づいたジェラールは、彼にウインクして見せた。オードリックは、くくっと笑みを漏らす。

「君が楽しそうでなにより」

オードリックは楽しそうにそう言い、二人の戦いを見守っている。

「くっ……」

いくら打ち込んでもまったく手応《てごた》えを感じず、シルフィーナは焦る。

「あ、もう勝負がつくな」

オードリックが言い終わると同時に、シルフィーナの喉元にすっと木刀が突きつけられた。

「はい、また僕の勝ち。これで少しは納得してくれました？」

相変わらず呑気《のんき》な物言いでジェラールは問うた。対するシルフィーナは息が上がり額《ひたい》に汗がにじんでいる。

「……負けました」

ジェラールの口ぶりから、なぜ即座に勝負を決めなかったのか理解したシルフィーナは悔しくて、沈んだ声で言った。ジェラールは実力の差をあえて見せつけるような戦い方をしたのだ。

「頑張ったね、シルフィーナ」

聞き覚えのある声に、はっとする。声のほうに目をやると、敬愛するオードリックの姿があった。

「オードリック様！　見ていらしたんですね……我が団長に負けるなんて醜態《しゅうたい》を」

（く、くそぉ……なんて恥《は》ずかしいところを……！）

悔しさと恥《は》ずかしさにシルフィーナの頬が微かに熱くなる。

「醜態《しゅうたい》なんかじゃないよ、シルフィーナ。彼は私より断然強いからね。ほら、この前まで北西のワイズリー峠《とうげ》に出没してた危険度Aの魔物がいただろう？　あれもジェラールが一人で片づけてしまったんだよ」

「え……」

「ええええー!?」

驚愕《きょうがく》するシルフィーナの声に、他の若手騎士たちの信じられないという声が重なった。危険度Aの魔物といえば、並の騎士一人では到底敵《かな》わない。四、五人のパーティーを組んで挑むのが普通なのだ。

このワイアール国は、国王ディースファルトが張る結界により長らく守られている。しかし王の結界に守られていてもなお、魔物は国のあちこちに出没している。その姿《すがた》形《かたち》は人によく似たものから、醜悪《しゅうあく》で恐ろしいものまで様々だ。

そして、騎士たちの主な仕事の一つがこの魔物退治である。

「君たち、そんなに驚かなくても……」

苦笑するジェラール。

「だって」

「これが！」

「あの団長がっ」

「オードリック様より強いなんて、信じられません」

口々に声を上げ、一つの文章のように紡いでいく。全員の意見が見事に一致した瞬間である。

「酷いなあ、君たち。毎回毎回騒ぎを起こした君たちの尻拭《しりぬぐ》いを誰がしていると思っているのかな。その分、事務処理が増えて、現場に出ることが減っているというのに」

「え、そうなんですか？　この前、酒場で暴れた悪漢《あっかん》を取り押さえたとき、勢いあまって壁をぶち抜いたのにお咎《とが》めなしだったのは団長のお陰だったのか……」

と、マーキスが答える。

「これからはもう少し穏便《おんびん》に願いますよ。ですが、困った者を助けようとする精神は立派ですね」

怒るでもなくジェラールは、にこにこしている。

「あっ、なんか団長っぽいこと言った！」

「ぽいではなく、正真正銘《しょうしんしょうめい》団長です。部下の不始末は団長が片づけるものです」

騒ぎを起こしたことに心当たりのある面々は皆、無言になっている。そしてこの団長がただのほほんとしたゆるい男ではなく、付いていくに値する人間だと各々《おのおの》感じ始めていた。

そのときだった。不意にジェラールに向けて剣が振り下ろされたのは。

ガッ、と剣と木刀のかち合う音がして、ジェラールが攻撃を受け止めたのだとわかった。

「ね？　のんびりしてるように見えてちゃんと反応するんだよ、ジェラールは」

「不意打ちは感心しませんねぇ、オードリック。君でなければ叩き伏《ふ》せていたところですよ」

団長同士のやり取りを見て、一同は口を噤《つぐ》んだ。と同時に、この二人は怒らせてはならないと心に刻んだのであった。

（二人ともすごい……あんな気配を感じさせない鋭い一撃を繰り出したオードリック様も、それを難なく受け止めた団長も。やはり只者《ただもの》ではないのだ……団長に関しては、認めたくないが）

シルフィーナの中でジェラールの存在が、お飾りの団長から変わりつつあった。

「そういえば僕のお願いがまだでしたね。ちょっとこちらへ、シルフィーナさん」

騎士たちから離れ訓練場の隅へと誘導される。ジェラールのもとへ歩み寄ると耳を貸せと言われ、その通りにする。すると彼はシルフィーナにこう囁《ささや》いた。

「いつでもどこでも僕とのキスに応じること。それが僕のお願いです」

「………へ!?」

予想外のお願いにびっくりして、思わず顔が熱くなる。

「な、な……なにを言ってるんですかっ!」

「僕が勝ったら一つ言うことを聞くと言ったじゃありませんか。あれは嘘だったんですか?」

にこにこと屈託《くったく》のない笑みを浮かべながら、ジェラールはシルフィーナに問いかける。

「そっ、そういうわけでは……でもてっきり、馬小屋の掃除とかを言いつけられるのだと思っていて……」

まさかのお願いにシルフィーナは軽いパニックに陥《おちい》っている。

「女性にそのようなことをさせる趣味はありません。じゃ、そういうことでよろしくお願いしますね」

にっこりと笑みを浮かべるジェラールに、言い返したくてもできなくてシルフィーナは鯉《こい》のように口をぱくぱくさせる。

「あっ、あの。なにか違うお願いに……」

「キス以外の選択肢はありません。観念してください」

「そ、そんなっ。困りますっ」

「約束は約束ですよ、シルフィーナさん」

「ですが……好きでもない相手とそのような行為、私は……」

「勝負を挑んできたのは君のほうですよ？　そうですね、お願いを撤回してほしいのなら僕に挑んで勝つことです。いつでもかかっていらっしゃい」

ジェラールの瞳が、打ち合いをしていたときと同じ鋭く熱の篭《こも》ったものに変化する。

その目に見つめられると、なぜかシルフィーナは抵抗できなくなる。

ゆっくりと彼の端整《たんせい》な顔が近づき、二度目のキスをされる。じんわりと唇を押し当てるだけのキスだ。しかし最初のキスより体温と唇の柔《やわ》らかさを生々しく感じた。

「今日のところは舌は入れないでおいてあげます」

そう言って艶《あで》やかに微笑むジェラールに身も心も奪われてしまいそうな感覚に陥《おちい》り、シルフィーナはゾクリとした。

お飾りの、のほほんとしたゆるい団長だとばかり思っていたのに、こんなに色気の漂う顔をする人だとは心底意外だった。

（この人は、なんなんだ一体……わけがわからない）

シルフィーナはジェラールの新しい一面を目《ま》の当たりにし、少しばかり混乱していた。

——一方その頃、二人の様子を離れた場所で窺《うかが》っていたオードリックと若手騎士たちは……

「おやおや、ずいぶん回りくどいことをするものだね、ジェラールも」

オードリックはくすりと笑う。だが穏やかな雰囲気なのは彼だけで、他の騎士たちはシルフィーナとジェラールのキスシーンを見て複雑な気持ちになっていた。

「もうあの子はジェラールのお手つきだから、下手にちょっかい出さないほうがいいね。もしシルフィーナを泣かすようなことがあれば、彼に消されるかもしれない」

だから皆、気をつけるんだよ、と朗《ほが》らかに笑うオードリックの言葉を聞き、周りはさらに凍りついた。

のんびりのほほんとした、いかにも温厚そうな団長だと思っていたジェラールが、実は剣の達人であることを見せつけられたあとだ。若手騎士たちは下手なことはしてはならないと密かに心に誓うのだった。

第二章　絶対好きにならない

1　キスしましょうか

「どうしてこんなことに……」

団長との勝負に破れた日の晩、シルフィーナは騎士団の宿舎の自室で頭を抱えていた。

彼女の部屋は余計なものがほとんどなく、同年代の女性と比べると酷くシンプルだ。ぬいぐるみや花といったものは、この部屋に存在していない。

(頭も胃も痛くなりそうだ。まさか団長にまでキスを所望《しょもう》されるとは思わなかった)

明日からどうやって生きていこうかと思うと、夕食もろくに喉を通らなかった。

だがこのまま泣き寝入りするわけにもいかない。とすれば、シルフィーナの取る道は一つだ。

「なにがなんでも団長に勝つ……そんなことできるのか？　私に」

訓練場で剣を交えたとき、彼はまったく本気を出していなかった。初めに木刀でいいと言ったのは、嫌味でもなんでもなくシルフィーナの身を案じてのものだった。

（だからさらに腹立たしい。あんな普段のんびりしているような団長に、手も足も出なかった。彼と私の実力の差はどれくらいあるのだろうか。……ふう。考えてばかりいても仕方がないな。明日に備えて寝なくては……悶々《もんもん》と悩んでいたらすっかり夜中になってしまった）

そこで彼女のお腹が切ない音を鳴らす。

「夕食、ほとんど食べなかったからな……お腹が空いた」

（寝る前に、なにか少しつまんでおくか）

シルフィーナは座っていたベッドから立ち上がり、厨房《ちゅうぼう》へと向かう。チーズのひとかけらでもあればと思ってのことだ。

さすがに皆寝静まり、廊下はとても静かだ。彼女は足音を立てないように歩いていく。ふと窓の外を見ると、空には明るい満月がある。お陰で灯《あか》りなしでも不自由なく歩くことができている。

厨房《ちゅうぼう》につくと、チーズとナッツ類が手に入った。そっとポケットにしまい、そこを出ようとしたとき不意に誰かとぶつかってしまった。

「シルフィーナさん？」

「団長……どうしてここに」

ぶつかった相手は他でもない、ジェラールだった。途端《とたん》にシルフィーナは居心地が悪くなる。

「もうひと踏ん張りしなくてはならなくて、コーヒーを淹《い》れにきたんですよ。そう言う君は？」

「私は小腹が空いたので、少し食べるものをもらいに」

答えながら、なにかされては堪《たま》らないと警戒する。

「そうですか。よかったら君の分も淹《い》れますから、一緒に飲みませんか、コーヒー」

汎用《はんよう》魔法を使いランプに火を灯《とも》すジェラール。室内が一気に明るくなる。わずかな炎であったが、無意識にシルフィーナは身を強張らせた。

この世界は汎用《はんよう》魔法が広く使われており、火をおこしたり灯《あか》りをつけたり、氷を出したりと、その程度のことは誰でもできる。ただし、きちんとした魔法はしかるべき場所で学ぶ必要がある。

シルフィーナも基本的な魔法は扱えるが、どうしても火に関する魔法だけは上達しなかった。過去に起きた火事がトラウマとなり、どうしても巧《うま》く扱えなかったのだ。

「え……は、はあ」

コーヒーを飲むかとにこやかに尋ねられ、迷いながら返事をする。ジェラールはくるりと背を向けると、ヤカンを火にかけお湯を沸かす。そしてカップを二つ食器棚から取り出し、横に並べコーヒーの粉を入れた。次いで沸いたお湯を注《そそ》ぎ込む。

「ミルクと砂糖はどうします？」

「ミルクだけお願いします」

「了解」

なにか嬉しいのか、ジェラールは楽しげにミルクを入れたコーヒーをスプーンでかき混ぜる。そして、どうぞとシルフィーナの前のテーブルにそっと置いた。

「ありがとう、ございます……」

（気を抜いてはいけない。この、のほほんとした雰囲気に騙《だま》されてはいけない。団長は見た目通りの人ではないのだから）

警戒しつつミルク入りコーヒーの入ったカップを手に取る。コーヒーの香りに、思わずほっとする。

（さっさと飲んで、ここから立ち去ろう）

ふーふーとコーヒーを冷ましながら必死で喉に流し込む。少し熱いが耐えられないほどではない。ほんの数分でコーヒーを飲み干すと、シルフィーナはテーブルの上に空《から》のカップを置いた。

「ごちそうさまでした。では、私はこれで」

「僕が怖いんですか？」

不意にそう問いかけられ、思わずジェラールを見上げた。その顔を動かしているわずかな間に距離を詰められ、彼とテーブルの間に挟まれる形になる。シルフィーナの体の両脇から腕を伸ばしてテーブルに手をついたので、完全に逃げ道を塞《ふさ》がれてしまった。

（しまった、油断したつもりはなかったのに！）

そう気づいたが、時すでに遅し。

「団長、なにを……」

「役職ではなく名前で呼んでくれたほうが嬉しいんですけどねぇ」

「はい？」

シルフィーナが怪訝《けげん》な面持《おもも》ちで見ると、彼は獲物を見つけた猛禽類《もうきんるい》を思わせる瞳で彼女を射抜く。

「こういうのはムードが大事だというじゃありませんか、ねえ？」

わずかに艶《つや》を含む声で言われ、シルフィーナの心臓がどくんと跳ねた。なにかやばいことが起きようとしている、そう感じたのだ。

なんとか隙を見て逃げなければと思うのだが、徐々に詰め寄られ重心がうしろに傾いていく。これでは非常に動きにくい。さらに彼は体重をかけるように上半身を前に倒してくる。そうされることでシルフィーナは、ますます背をのけ反らせる形になる。

「キスしましょうか」

「い、嫌です」

「拒否権はありませんよ」

思わず目をつむると、くすりと笑う気配がして唇が重なる。触れ合う唇から伝わる体温が生々しく感じられた。幾度《いくど》も啄《ついば》むような口づけが繰り返される。やさしく触れてくる唇に、恥《は》ずかしいと同時に切ない気持ちが込み上げた。ゆっくりと唇に這《は》わされる舌が心地よくなってきて、シルフィーナは仄《ほの》かに目元を熱くする。

そうこうしている間に、ますます体はうしろに傾いていく。

「逃げようとするのは結構ですが、そろそろきついんじゃないですか？　素直に僕に掴《つか》まれば楽になりますよ」

下唇を甘噛みされ、力が抜けて倒れかけたシルフィーナは、反射的にジェラールに抱きついた。

（しまった！　つい抱きついてしまった。ちくしょう……）

「ふふ、可愛いですねぇ」

とっさに抱きついたとはいえ、のけ反っていることに変わりないシルフィーナは少し息苦しい。時折ちゅ、と水音が立つたびに彼女の羞恥心《しゅうちしん》が煽《あお》られていく。訓練でしか異性と接近したことなどないため、こんなに間近で触れられているこの状況に困惑している。

好きでもない相手にキスをされて不快なはずなのに、気持ちいいと感じている自分に嫌悪感を抱く。

（私が、私が好きなのは、オードリック様なのに）

それなのに抱きついたジェラールの体は、すらりとした見た目に反して思いのほか逞《たくま》しく、心臓が勝手に早鐘《はやがね》を打つ。そして彼独特の香りとコーヒーの香りが混じり合ったものに包まれ、妙にドキドキしてしまう。

「んぅ……」

自分の喉元から上がる声に、シルフィーナは一瞬驚く。

（なっ、なにを私はこんな気持ちよさそうな声を漏らしているんだ。好きでもない男にキスされて、ここは怒るところだろう!?）

「舌、入れちゃってもいいですか？」

「は？　なんで、わざわざ聞くんだっ」

いきなり思ってもみないことを尋ねられ、シルフィーナは顔を熱くした。焦ったせいで敬語で話すのを忘れてしまった。それにどうせそんなことを言ったって、拒否権などないのだ。

「君の蕩《とろ》けている顔があまりにも可愛くて、もっと見たくなってしまいました」

（やめろ！　そんな恥《は》ずかしいことを、さらっと口にするな！）

一気に顔に熱が集まる。悔しさに潤《うる》んだ瞳で、ジェラールを睨《にら》む。

「ああ、ほんとうに……」

焦《じ》れた様子で熱を孕《はら》む目を細めたジェラールに、深く口づけられる。唇を割り歯列を舌先で舐《な》められ、シルフィーナは口を控え目に開いてしまう。ぬるりとした感触と共に、ジェラールの舌が入ったのだとわかり、胸が早鐘《はやがね》を打つ。厚みのある長い舌は熱く、彼女の咥内《こうない》を溶かしてしまいそうだ。粘膜を舐《ねぶ》られ舌を擦《こす》り合わされると、息が荒くなりお腹の下のほうが熱を持ち始める。

角度を変えて唇を重ねられるたびに、くちゅり、と淫猥《いんわい》な音が立ち、シルフィーナは耳から犯されている気分になる。

（だめ、駄目だ、こんなのは……頭ではわかっているのに、体が言うことをきかない。

こんなのちっとも気持ちよくなんか、ない……——）

「っは、あぁ……ん……んぁっ、…………んむ……っ」

　彼女の気持ちとは裏腹に、白い喉から漏れ聞こえるのは嬌声《きょうせい》に他ならない。咥内《こうない》を自在に蠢《うごめ》く舌の感触に段々慣れてくると、さらに気持ちよくなる。特に上顎《うわあご》を舌先でちろちろと刺激されるたびに上擦《うわず》った声が漏れ、無意識に体が震えた。その様子を見たジェラールは、執拗《しつよう》に上顎《うわあご》ばかりを舐《な》め回してくる。

「んんんっ……んっ、ふ……ぁ……」

　感じては駄目だと必死に快楽から意識を逸らそうとするのに抗《あらが》えない。高められた快感のせいで、目尻から涙がすうと流れ落ちる。それから何度も舌を絡められ、逃げようとすると逃がさないとばかりに強く吸われる。もうお腹の下の疼《うず》きがかなり強くなっていて、熱いと同時にどうしようもなく切なくなってくる。

（なんなんだこの感じは……どうしたら、満たされる？　熱く疼《うず》いて堪《たま》らない、早く楽にしてほしい。私は……私の体は一体どうなってしまったんだ——）

　何度も繰り返される濃い口づけに、シルフィーナは恥《は》じらっている余裕などなくなっていた。ジェラールによって与えられる甘い快感に酔うことしかできない。

　ジェラールは、すっかり力が抜けたシルフィーナの背中に手を回して支える。シルフィーナにはもう抵抗する気力も残っていなかった。蕩《とろ》けきってしまった瞳で、ただ彼を見上げ続ける。今、二人の間には濃密な情欲の気配が漂っているように感じられて、シルフィーナは恥《は》ずかしくて堪《たま》らなかった。彼もシルフィーナを一心に見つめ返し、小さく身震いをした。それから、ふっと熱を孕《はら》んだ青い目を細め、艶《つや》めいた笑みを浮かべる。

しかしすぐに、なにかを振り払うように首を横に振った。

ジェラールはそっとシルフィーナから唇を離し、解放する。

シルフィーナは一瞬、どうして、と思ってしまった。

「すみませんね。これ以上してしまうと、僕のほうが収まらなくなるので……また、明日しましょう」

「……んっ」

シルフィーナはとっさに言葉が出てこず、まだ余韻《よいん》の残る小さな喘《あえ》ぎが漏れた。

するとジェラールは彼女の顎《あご》をしなやかな指で捕らえ上向《うわむ》かせると、触れるだけのキスをした。

「おやすみのキスです。……僕はね、ずっと前から君のことを知っているんですよ」

「え……」

ずっと前から知っている。そう言われ、シルフィーナは少し意識を取り戻す。

「よい夢を。シルフィーナさん」

いつもののほほんとした笑みを浮かべ、ジェラールはその場をあとにした。

辺りはしんと静まり返り、体の熱が引いていく。ついさっきまで、ここで抱きしめられキスを交わしていたのが幻のように思える。

「私のことを、知っていた……どうして」

(団長はわからないことだらけだ。なぜ私にキスを要求してくるのか。私のことを前から知っているというのは一体……)

シルフィーナは複雑な想いを胸に抱きながら自室へと向かう。

部屋に入り、ベッドの上に寝転がる。硬すぎず柔《やわ》らかすぎないベッドは割と寝心地がよい。シルフィーナは額《ひたい》に左手を乗せ、ぼんやりと天井を見つめる。

「…………」

(団長の青い目、綺麗《きれい》だったな。それによく見たら綺麗《きれい》な顔立ちだった。でもキスするとき眼鏡が少し邪魔だったな)

――――!!

そのときぶわっと一気に熱が駆けめぐり、シルフィーナは全身が熱くなる。

(そうだ、私、キス。またキスされたんだ。しかも今度はあんな……あんな……！)

「……っ」

急に恥《は》ずかしさがぶり返して、彼女はごろんと体をひっくり返してうつぶせになり枕に顔を埋《うず》める。

（なっ、ななな、なんてことをしてしまったんだ、私は！　好きでもない相手と、またしてもキスするなんて。私はそんな軽い女ではない。誰でもいいわけじゃない。私が好きなのは、オードリック様なのに……初めてのキスだけでなく三度目のキスも団長に奪われてしまった）

しかも、彼のキスが気持ちよくて、強く拒絶することすらできなかった。

（そう……きもち、よかった……。キスがあんなに気持ちのいいものだなんて知らなかった。団長の舌は熱くてコーヒーの味がして……不覚にもドキドキしてしまった）

「ああ、もうっ」

（考えてはいけない！　こんなことは早く忘れろ！）

そうしてシルフィーナは毛布に包《くる》まる。両目をぎゅっと閉じ、頭まですっぽり毛布を被り直す。

悶々《もんもん》とした気持ちはすぐには消えてくれないが、それでも昼間みっちり訓練したせいか徐々に眠気が襲ってくる。

そういえば、せっかく厨房《ちゅうぼう》から持ってきたチーズとナッツを結局食べていないな、と思いながら意識を手放した。


そして翌朝。

わずかなカーテンの隙間から差し込む光が眩《まぶ》しくて目覚めた。

ベッドに横たわったまま、うーんと体を伸ばす。それからゆっくり身を起こす。水瓶から水を洗面器へ注《そそ》ぎ顔を洗う。

「ふう、さっぱりした」

シルフィーナはタオルで顔を拭きつつ、団長であるジェラールにどう対応するか考え始める。考えながらも手を騎士服に伸ばし、さっと着替える。次に長い髪を梳《と》かしていく。

「団長と同じ黒髪、か……」

（このままずるずると流されるべきではない。なんとか今日のうちに、もう一度勝負を挑み、勝たなくては）

頭の上で髪をひとまとめにする。次は朝食だ。シルフィーナは部屋を出ると騎士団専用の食堂に足を運ぶ。

すでに十数人の騎士が朝食をとっていた。シルフィーナも他の騎士同様、列に並びメニューを選ぶ。木製のトレイに好きな品を取っていく方式だ。

今日はパンの気分なので、外はカリカリ中はふんわりとした丸パンとコーンスープ、野菜サラダ、ナッツの盛り合わせにした。トレイに載せた朝食を持って、適当な席に腰を下ろす。今日は特に知り合いを見かけなかったので、一人で食べることにした。

スープをひと口啜《すす》ったところで、声をかけられる。

「隣、よろしいですか？」

「ああ、どう、ぞ……」

言葉の歯切れが悪くなったのは、今一番会いたくて、でも会いたくない相手だったからだ。ジェラールである。

昨夜の厨房《ちゅうぼう》での出来事を思い出し、シルフィーナは警戒する。

「おはようございます～、いい天気ですねぇ」

相変わらず緊張感の欠片《かけら》もない呑気《のんき》ぶりだ。ジェラールはシルフィーナの隣に座ると、ずずーっとお茶を啜《すす》る。

「……」

(なにを話せばいいのかわからん。とっとと食べて皆のところへ行こう)

シルフィーナはどんどん食べ物を口に運び、咀嚼《そしゃく》する。早くここから離れたくて必死に食べ進めているため、味わう余裕がない。まるで小動物が頬袋《ほおぶくろ》に食べ物を詰め込んでいるような状態だ。

「シルフィーナさん、昨日はあれからどうしたんです？　よく眠れました？」

ずいっと顔を寄せ覗《のぞ》き込まれ、シルフィーナは食べ物を喉に詰まらせ咳《せき》込《こ》む。

「げほっ、ごほ……っ」

「おやおや、大丈夫ですか～。はい、これを飲んで」

横からすっとお茶が差し出される。シルフィーナは素直にそれを受け取り、お茶を飲んで食べ物を胃に流し込んだ。

「ふふ。間接キス、ですねぇ」

「なっ⁉」

（し、しまった！　苦し紛れに飲んだのは団長のお茶だったのか！　ていうか自分の飲みかけを私に差し出すなッ）

「そう警戒せずとも、取って食ったりしませんから」

ジェラールは頬杖《ほおづえ》をついてにこにことシルフィーナを見つめている。対する彼女は不安と緊張で少し蒼《あお》くなっている。

「あまり見ないでいただけますか」

「照れているんですか？　可愛いですねぇ」

ジェラールは手の甲でシルフィーナの頬をそっと撫《な》で上げる。思わず、ビクリと体を震わせてしまった。

「わ、私に触るなっ！」

油断も隙もないこの男の前では、いくら警戒してもし足りないのだ。いつまたキスされるかと怖くなり、シルフィーナは席を立つ。少しでも早く、ここから離れるために。

「そう急がなくともいいじゃありませんか。就業までには、まだ時間がありますし」

「じ、時間のあるなしではありませんっ」

（団長の傍にいたら私の貞操が危ない！　一刻も早くこの場を離れて安全な場所へ避難しなくては）

「そんなに僕のことが怖いんですか？　心配せずともこんな大勢いる前で変な真似《まね》はしませんよ」

「……」

（信じても大丈夫だろうか？）

「せめてきちんと朝食を食べ終わってから行きなさい。その間は、なにもしないと誓いますから」

「……わかりました」

再度席につき、残りの朝食を口に運ぶ。

（うう、非常に食べづらい……。ったく、なんでそんなに嬉しそうな顔で私を見つめ続けているんだ、この団長は。理解不能だ）

「おはよう、シルフィーナ」

そこへオードリックが現れた。彼は朝食を載せたトレイをシルフィーナの正面の席に置いて座る。

「オードリック様、おはようございます」

第三者が現れたので、これで安心だとシルフィーナはほっとする。

（ああ、オードリック様はやっぱり素敵だ。キラキラ光る金の髪がとっても綺麗《きれい》だし、同じ青い目でも団長より段違いの安心感がある）

「ジェラールと付き合うことになったんだって？」

「……は？」

思わず固まった。恐ろしいことを聞かされてしまったからだ。

（誰が、誰と付き合うだと？）

「ジェラールはいざというとき頼りになるから、安心して身を任せるといいよ」

そう言って、憧《あこが》れの君はにっこり微笑んだ。

「違います！　私たちは付き合ってません！　というか団長なんて死んでもごめんです！」

「……と言ってるけど、どうなんだい。ジェラール」

「ふふ、素直になるのが怖いだけですよ。本当に可愛いですねぇ、シルフィーナさんは」

（いや、待て！　ちょっと待て！　なにをどう解釈したらそういう結論に行き着くんだ!?）

シルフィーナはジェラールと付き合う気など微塵《みじん》もない。ありえないことだ。

「……団長、頭沸いてんですか？」

（付き合うとか以前に私、団長のことなんて全然好きじゃありませんから！）

冷ややかな目で見つめても、当人はどこ吹く風だ。

「そんなことを言っていられるのも今のうちだけですよ。すぐに僕を好きになりますから」

シルフィーナの目に映るだけでも嬉しいといった様子で、ジェラールは終始にこにこしている。

（その揺るぎない自信はどこからくるんだ……確かに剣の腕は一流だけど、頭は残念な人なのか？）

そんなことを思いながら訝《いぶか》しんでいると――

「そんなに見つめられたら嬉しくなっちゃいますねぇ～」

「……」

呆《あき》れたシルフィーナは、もう返す言葉がなかった。なにを言っても、この団長を喜ばせるだけだ。

必要以上にジェラールと関わるのはよそう、そう思った。そこでシルフィーナは憧《あこが》れのオードリックに話題を振ることにした。

「オードリック様はどうなのですか？　すでに、お付き合いしている相手がいらっしゃるのでしょうか？」

「うん、そうだね。お付き合いしている女性はいるよ。今は婚約中でね」

はにかんで言うオードリックにキュンとときめくと同時に、頭から一気に冷水を浴びせられた気がした。苦し紛れに振った話題で、自分の失恋が決定してしまったからだ。

失恋と呼ぶほど大げさなものではないかもしれない。この気持ちは恋というより憧《あこが》れに近い。

衝撃を受けたとはいえ、本気で好きになる前にこのことを知れてよかったとシルフィーナは思う。焦《こ》がれるほど好きになっていたら、今この場で泣いてしまったかもしれない。

「そうですか、きっと素敵な女性なんでしょうね」

微笑んで見せるものの、胸がちくりと痛みを訴えてくる。

(こんなのは気のせいだ。自分の想いには気づかなかったことにしておこう。私は全然平気だ。問題ない。その証拠に、ほら、普通に笑っていられる)

シルフィーナはその胸の痛みを強引に心の奥に追いやった。憧《あこが》れのオードリックの前で、悲しい顔など見せたくない。

「ああ、私にとって最高の女性だよ」

オードリックはそれはもう幸せだと言わんばかりに微笑んだ。

そして彼の幸せそうな笑みに、シルフィーナの胸の奥がまた、つきん、と痛みを訴えた。

その様子をジェラールはじっと見守っていたが、ふと立ち上がる。

「さて、そろそろ行きましょうか、シルフィーナさん」

「え?」

「君に手伝ってほしいことがあるんです。では、オードリック、また次の機会に」

そう言うジェラールになかば強引に手を引かれ、シルフィーナは食堂をあとにした。

ジェラールに手を引かれるまま外に出て、彼女は敷地内にある薔薇園《ばらえん》へ連れてこられた。彼は無言で、どんどん奥へ入っていく。この薔薇園《ばらえん》は迷路のようになっていて、人目を避けるにはもってこいの場所だ。

「ここら辺でいいでしょうかね……」

ジェラールにそっと手を放された。

「あ、の……？」

（これは一体どういうことなのだろう？）

意味がわからないとジェラールを見ると、慈愛に満ちた、けれど少し寂しそうな視線を向けられる。

「いえ……あれ以上あそこにいる君を、見ていられないと思いまして」

その言葉の意味を理解し、シルフィーナは動揺する。

「君がオードリックに気があることは、わかっていましたから……」

――泣いてもいいんですよ。

言外《げんがい》にそう言っているのが伝わってきて、鼻の奥がつんとする。

「いえ……私は大丈夫で……」

気落ちした声で答えると、言い終わる前に頭を引き寄せられ、シルフィーナはジェラールの胸に抱かれる。

「よしよし」

穏やかな声に、頭をやさしく撫《な》でる手、そして温かい胸。

こうもやさしくされると、もう限界だった。泣くつもりなど本当になかったというのに、シルフィーナの目からぽろりと涙が零れ落ちる。

「……っ」

彼女は、しばらく声を押し殺して涙した。

（不思議だ……油断も隙もなくて逃げたくて堪《たま》らなかったのに、今はこんなに安心できる）

「もう、平気です」

ハンカチで涙を拭ったシルフィーナは、顔を上げた。それから躊躇《ためら》いつつもジェラールから離れた。

「もう少しここでゆっくりしていきましょうか。目がウサギさんです」

「はい……」

（私はこの人に恥《は》ずかしいところばかり見られている。どうしたらいいのだろう。恥《は》ずかしくて、いたたまれない）

ジェラールが手伝ってほしいことがあると言っていたことを、ふと思い出した。

「あの、私に手伝ってほしいことってなんでしょうか？」

無言でいるのは耐えがたく、とりあえずジェラールに問いかけてみる。

「ああ、あれはあの場を離れるための方便ですよ。深い意味はありません」

「そうですか」

(私のために嘘をついてくれたんだ……。もしかしたら、団長はいい人なのかもしれない)

「おや、頭と肩にイモムシが乗ってますよ」

「ひい！　早く取ってくださいっ！」

シルフィーナは毛虫や蛇などのうねうね動く生き物がとても苦手だ。あの動きが、気持ち悪くて仕方ないのだ。

「はい、じっとしててくださいねぇ～」

ジェラールはシルフィーナに近寄ると、そっと頭と肩に手を添える。そして包み込むように抱きしめる。

「……取れましたか？」

「んー、もうちょっとです、動いちゃいけません」

「は、はいっ」

（ああ、早く取れろ～！　あの黄緑のふにゃっとしたイモムシがついていると思うと鳥肌が立つ）

ジェラールはシルフィーナの長く豊かな黒髪に指を滑らせた。それからぎゅっと抱き寄せ、一度大きく息を吸い込んだ。髪の香りを確かめられているようで、シルフィーナは気恥《きは》ずかしくなる。

彼はシルフィーナの肩に置いていた手を滑らせ、うなじを撫《な》でた。そして彼女がぴくっと反応した途端、彼の口から色香を含んだ吐息が漏れる。

「とっ、取れましたか？」

「すいませんねぇ、うなじのところにも一匹いて、取っているところです」

密着している状態で耳元で喋《しゃべ》られると、シルフィーナは腰がむずむずして身じろいだ。

「それにしても、見事な黒髪ですね。日の光を反射してキラキラしていますよ」

「あっ、あの……あまり耳元で喋《しゃべ》らないでください……」

ジェラールの声と吐息が耳をくすぐり、そのたびに腰が疼《うず》いて落ち着かない。

「ふふ、気持ちよくなっちゃったんですか？」

笑い混じりの声で言われ、シルフィーナはぎょっとする。

「ち……違いますっ」

即座に否定したものの図星だった。

「ならちょっと試してみましょうか」

「え？」

耳朶《みみたぶ》に、なにかが触れる。それがジェラールの唇だとわかり、シルフィーナは羞恥《しゅうち》に頬が熱くなった。はむはむとやさしく食《は》まれているうちに、じんわりと気持ちよくなってくる。軽く歯を立ててひっぱられるとまた別の心地よさを感じ、どうしようもなく恥《は》ずかしくなった。

しかしジェラールの行為は止まらない。続けてちゅっと音を立て耳朶《みみたぶ》を吸われたかと思えば、飴玉《あめだま》でも舐《な》めるようにしゃぶられる。するとふたたび腰がうずうずとして、シルフィーナは瞳を潤《うる》ませた。

「……っん……くぅ……」

恥《は》ずかしい声が漏れ、慌てて両手で口を塞《ふさ》ぐ。わざといやらしい音を立てているのだと気づき、泣きたくなる。

（早く、終わって……！）

ぎゅっと目を閉じ快感に耐えていると、生温《なまあたた》かいものが耳の中に入ってくる。くちゅり、と卑猥《ひわい》な音を響かせながら、舌がゆっくりと這《は》い回る。

「んんっ……んっ、……ん」

必死でこらえているのに甘えているような声が漏れてきて、恥《は》ずかしすぎて消えてしまいたいとシルフィーナは思う。時折かかるジェラールの熱い吐息と、舌での愛撫が堪《たま》らなく気持ちよくて、何度も背筋に快感が走る。そのたびに体が震え、へたり込みそうになった。

「ああ、本当に君はどうしてそんなに可愛いんでしょう」

ふう、と熱の篭《こも》った息を吐き出しながら、ジェラールはシルフィーナを強く抱きしめる。

「いやぁ、参りました。ちょっとしたイタズラのつもりだったんですがねぇ」

「っ⁉」

どういうことだと顔を上げ、ジェラールを見つめるシルフィーナ。

「イモムシがいると言ったのは嘘です。あはははは」

悪びれた様子もなく呑気《のんき》に笑う彼を見て、シルフィーナはわなわなと震える。どれだけ自分がイモムシに怯えていたのか、思い知らせてやりたいと思った。

「わ、笑いごとじゃありません！　どんなに私がイモムシの恐怖に耐えていたか……！」

「気持ちよくしてあげたんだからいいじゃないですか。足りませんでしたか？」

「そういう問題じゃないっ」

必死に離れようともがくのに、ジェラールの腕はびくともしない。

「放せ！　この馬鹿力っ！」

相手が上司だろうが関係ない。一刻も早く解放されたいシルフィーナは、なりふり構っていられない。

（少しでもいい人だと思い始めた私が馬鹿だった！）

「えー……そんなふうに言われると、ますます放したくなくなります。いっそのこと一日中こうしていましょう」

「嫌です！　放してください！」

これでもかとジェラールを睨《にら》みつける。

「……どうしても？」

「どうしても!!」

（誰か嘘だと言ってくれ、こんなのが団長だなんて、なにかが間違っている！）

「しょうがありませんねぇ……」

シルフィーナが声を荒らげて拒否すると、物凄く渋々とだが解放される。やっと自由になれたので、一歩彼から離れた。

「私が同意していない以上、団長のやったことは立派なセクハラですからね」

（よし！　はっきり言ってやったぞ）

「いえいえ、そんなことはありません。これは勝負に勝って取りつけた約束であるキスの中に含まれますから。僕はただ耳にキスしただけですし」

いけしゃあしゃあと、ジェラールはそうのたまった。反省の色など微塵《みじん》もない。

「ふ、ふざけるなっ。あんないやらしいことをしておいて……っ」

怒りのあまりシルフィーナの声が震える。

「心外だなあ。気持ちよさそうにしていたじゃありませんか」

なにが不満なんですか、とでも言いたげな顔だ。

「う、うるさいっ。アレは不可抗力だ！　誰だってあんなふうにされたら気持ちよくなるっ」

（く、くそぉ。どうしてコイツといると、いつもこうなるんだ。私は心底嫌がっているのに……！）

「ふふ、気持ちいいのならよかったです。口では嫌だと言いながら、体は僕を受け入れてくれてるんですねぇ。素直じゃない君も可愛いと思いますよ、はい」

うんうん、と一人納得するジェラール。

「違うから！　それ団長の大いなる勘違いだから！」

ぴしゃりと言い放つ。

「水臭いですねぇ、そろそろ名前で呼んでくださいよ。ジェラールと」

「誰が呼ぶかっ」

（絶対絶対、私が団長を好きになることなんてありえない。可能性皆無だ。私はオードリック様のような騎士が好きなんだ。強くて、やさしくて、いつも私に元気をくれる。そして紳士な）

「さて、そろそろ行きましょうか。君も元気になったことですし」

すっと手を差し伸べられる。

（あ……そういえば、いつの間にか涙も乾いてるし、悲しかった気持ちがどこかにいってしまった。まさか今のは、私を元気づけるために？　いや、まさか、な……）

「私は先に行くので、団長は少し遅れてきてください」

ジェラールの手を無視して、シルフィーナは薔薇園《ばらえん》を抜けたのだった。

「つれないねぇ……」

楽しそうなジェラールの声を背中に投げかけられるも、シルフィーナは構わず歩き続けた。

2 襲われてしまった

無闇に勝負を挑んでも負けるのは目に見えている。かと言って、このままではずっと望まぬキスに応《こた》え続けなくてはならない。

なんとしてもそれは避けなければならない。

「オードリック様、うちの団長と闘うにあたり、なにかアドバイスをいただけないでしょうか」

シルフィーナはジェラールとの勝負で少しでも有利になるための情報を集めることにした。同じ団長であるオードリックはジェラールとも仲が良い分、なにか弱点を知っているのではないかと思ってのことだ。

昼一で彼が所属する白獅子騎士団の詰所《つめしょ》に出向き、オードリックと二人、向き合って座り話し合うことになったわけだ。

失恋したての相手に相談するのもどうかと思ったが、ジェラールの前で泣いたせいかすっきりした。それで失恋の痛みはほぼ引きずっていないのだ。その点では少しだけジエラールに感謝したシルフィーナだった。

「そうだなあ、私も彼とは付き合いが長いのだけど、弱点らしい弱点がなくてね……本当に天才なんだよ。だから私も彼に勝てたためしがない」

「そう、ですか……オードリック様でも勝てないなら、もう他に勝てそうな人はいないですね……」

なにか弱点の一つでもわかればと思っていたのに、それすら出てこないとは、とシルフィーナは肩を落とす。

「なぜそこまでジェラールに勝とうとするのかな？　美青年だし、剣術は天才的だし、頭も切れる。相当な優良物件かと思うけどね」

「……だって、好きでもないのに賭《か》け試合に乗り、キ、キスしてくるような人ですよ？　そんな軽いノリでキスするものじゃないと思うんです」

「彼に軽《かろ》んじられてる感じがするのが嫌だってことかな？」

「それもですけど……お互い好きじゃないですし」

「うーん、君のほうはそうかもしれないけど、ジェラールは君が思っているより君を大切にしていると感じるけどね」

「そうでしょうか。私には、ただのセクハラ団長にしか思えないのですが……」

「あははは っ」

シルフィーナの言葉を聞いたオードリックは笑い声を上げる。

「笑いごとじゃないですよ……なんか、隙あらばって感じで、その……してくるといいますか……」

ここまで話す必要はないだろうが、自然と口をついて出てしまい、シルフィーナは頬を熱くした。

「だけど君も満更《まんざら》ではないんじゃない？」

「いいえ、迷惑だと思ってます。なんかもう団長が視界に入るだけで、そわそわして落ち着かないです」

またなにかいやらしいことをされるのではと気が気じゃない。こんなざわついた気持ちでは訓練に勤《いそ》しむことができない。

なんとか憂《うれ》いの元を断《た》ちたいと思うのは、シルフィーナの中でごく当然のことだ。

「落ち着かない、ねぇ。まあ、何度もキスされるのは、それだけ君が好かれているということじゃないのかな。なにか問題でも？」

「わ、私は好きではないので……困ると言いますか」

「長いものには巻かれろと言うし、いっそ巻かれてみたらどうかな？」

「じょっ、冗談じゃありません！　誰があんな……」

　これまでの彼の所業《しょぎょう》を思い出し、恥《は》ずかしさにいたたまれなくなる。

「私からすればお似合いの二人だと思うんだけどね」

「ちっとも嬉しくないです……」

　勝負に勝つためのいい案をなにかもらえると思ったのに、オードリックは二人をすでにカップルとみなしているらしい。それがわかったシルフィーナは内心がっかりした。

「大していいアドバイスをできなくてごめんね。真面目な君からすれば彼を許せない所もあるだろうけど、あれでも私の親友なんだ。悪い男でないことは保証する」

「いえ、話を聞いてくださってありがとうございました」

　シルフィーナは一礼し、とぼとぼと詰所《つめしょ》をあとにする。

（どうしよう、オードリック様でも勝てないなんて、それこそもう不意をつくくらいしか。でもそんな卑怯《ひきょう》なことはしたくない。騎士なら正々堂々と戦って勝ちたい）

　しかし、オードリックをして天才と言わしめる相手だ。勝算はないに等しいのかもしれない。

「うーん……勝つまで挑み続けるしかない、か」

　同じ戦うにしても少しでも強くなってから挑みたい。

そうと決まれば訓練だ。

シルフィーナは聖ステラ騎士団の訓練場へと足早に向かった。

屋外にある訓練場に着くと、いつもの若手騎士メンバーがそれぞれ稽古《けいこ》に励んでいた。

「あ！　シルフィーナさーん！」

いち早く気づいたマーキスが声をかけてきた。シルフィーナはそれに片手を上げることで応《こた》え、マーキスたちのほうへ歩いていく。

「皆やってるな。マーキスと、あと誰か一人、私の相手になってもらえないだろうか」

「よし、じゃあ俺が加勢する」

そう言って名乗りを上げたのはヨアヒムだ。

「急に二対一なんてどうしたんですか？」

訓練用の木刀を手に取りながらマーキスは問うた。

「少しでも強くなっておかないとと思って……団長にはまだ勝てないけれど、レベルアップしたいんだ」

「かーっ、相変わらずお前は真面目だよなあ、シルフィーナ。ま、確かに団長は強いから、勝ちたいなら訓練あるのみだな」

「オードリック様も勝ったことがないと言っていた。だから私が勝つのは難しいんだと思う。でも、負けるとわかっていてもなにもせずにはいられない。というわけで、よろしく頼む」

シルフィーナは壁に立てかけてある木刀を手に取り、ヨアヒムに投げる。彼はそれを受け取ると肩に乗せトントンと弾《はず》ませた。

「天気もいいし絶好の訓練日和《びより》だな」

シルフィーナは短い草で覆《おお》われた訓練場の真ん中に陣取り、木刀を両手で構えた。

「さあ、二人ともどこからでもかかってこい！」

「いっきますよー！」

「ぶっとばしてやるぜ！」

マーキスとヨアヒムは勢いよくシルフィーナに斬りかかる。二人同時の素早い攻撃が、シルフィーナに繰り出された。

しかし彼女はそれらを木刀の上と下で同時に受け止め、弾《はじ》き返す。そして、そのまま後方に跳躍《ちょうやく》し間合いをはかる。

「まあ、一撃で倒せるとは思っちゃいねーがよ」

不敵な笑みを浮かべたヨアヒムが、シルフィーナに向けて攻撃を放つ。彼女がそれを難なく躱《かわ》すと、すぐ目の前にマーキスが現れ、近距離で攻撃してきた。

「二段構えでくるとは」

少し楽しくなってきたシルフィーナは、マーキスの木刀を横になぎ払い、片手で自分の体を押し上げ横に飛んだ。

「させるかよ！」

シルフィーナの着地を狙い、ヨアヒムが突っ込んでくる。それに気づいていたシルフィーナは、ヨアヒムに向けて着地ざま木刀を繰り出した。

「うわっ、あぶねっ」

「少し前の魔物討伐で、今のお前みたいな動きをした奴がいた」

口元に笑みを湛《たた》え、瞳には歓喜の色を宿《やど》して言う。シルフィーナの戦闘欲に火がついた瞬間だった。ヨアヒムが怯《ひる》んだ隙に、彼の胴体に一撃お見舞いする。彼は短い呻《うめ》き声を漏らし、片膝をついた。その彼を庇《かば》うように、反対方向からマーキスが木刀を振り下ろす。しかしその一撃は地面の草を虚《むな》しく叩いただけだ。

紙一重で攻撃を躱《かわ》したシルフィーナは、マーキスの背後に回るとトン、と強すぎない力で彼を蹴飛ばした。

「わああっ、ヨアヒムさんよけて～！」

バランスを崩したマーキスは、そのままヨアヒムのほうへ倒れ込んでいく。

「ちょ、おまっ」

そして二人は見事にぶつかり、一戦目はあっけなく幕を閉じた。

「うー、真っ昼間から男と抱き合っちゃったよ～」

「そりゃこっちの台詞《せりふ》だ！　俺だって、ぶつかるなら若いねーちゃんがいいっ」

ぶつくさ言う二人を眺めつつ、シルフィーナはすでに木刀を構え直し二戦目に入るつもりだ。

「呑気《のんき》に地べたに座っている暇はないぞ？」

間髪《かんはつ》いれず鋭い一撃をお見舞いする。するとマーキスとヨアヒムは跳躍《ちょうやく》し、シルフィーナの攻撃を躱《かわ》した。

「お前ほんとに女かよ、重い一撃くれやがって……内臓まで響いたぜ」

「きゃっ、シルフィーナさんの鬼畜っ」

呼吸を整えながら、茶々を入れるマーキスだ。

「でかい図体で可愛い子ぶっても、ちっとも可愛くないぞ」

マーキスに木刀を打ち込みながら、シルフィーナはくすりと笑う。激しい打ち込みに押され、受け止めるので精一杯なマーキスは次第にスピードが落ちてくる。

「ほら、右！」

がら空きになったマーキスの右半身に、鋭い一撃が食い込む。

「つぐ……っ」

息の詰まった呻《うめ》きを上げ、マーキスは横に吹っ飛んだ。

――こんな感じで、三人の訓練は夕方まで続いた。

「もう、酷いじゃないですかあ！　僕のラブリーフェイスに傷をつけるなんて」

「少し鼻先を擦《こす》っただけで、なにを大げさな」

訓練が終わり、ぶつくさ言うマーキスに答えつつ、シルフィーナは活《かつ》を入れるように背中をパンと叩く。

「そうだぞ、マーキス。それに男はちっとばかし傷があるくらいがカッコいい」

ヨアヒムの大きな手が、マーキスのふわふわの髪をぐしゃっと撫《な》で回す。

「僕は可愛いのが売りなんです。って、髪が乱れるからやめてください～！」

マーキスはヨアヒムの手を振り払い、手櫛《てぐし》で髪を整える。そんな二人の様子が微笑ましくて、シルフィーナはくすくす笑う。

「さて、今日は訓練に付き合ってくれてありがとう。少し早いが、私はこのまま湯浴みにいく。またな」

そう告《つ》げたシルフィーナは汗まみれになった体を洗うべく、風呂場へ向かう。寄宿舎内に設置された全騎士団共有の女性専用の大浴場だ。そこを使う者はシルフィーナの他には数人しかいないので、時間帯によっては大きな風呂を独り占めできるのだ。

風呂に向かう途中で自室に戻り、着替えを手に取る。それから風呂を目指して歩いていると、向こうから侍女が歩いてきた。シルフィーナは彼女に声をかける。

「すまない、今から風呂に向かうからタオルを数枚補充しておいてくれないか」

「はい、かしこまりました」

メイド服に身を包んだ侍女はそう言って一礼し、また歩いていった。

風呂に着いたところ、他の騎士団の女騎士たちがちょうど出てくるところだった。シルフィーナ以外の女騎士全員だ。

「今日は皆、早かったんだな」

シルフィーナが話しかけると、全員頷いた。

「たまたまこのメンバーで鉢合《はちあ》わせただけなんだけどね」

「そうか、なら私はひとり貸し切り状態だな」

「ああ、存分に満喫《まんきつ》しておいで」

「わかった」

笑顔で答えて彼女たちと別れたシルフィーナは早速、脱衣所に向かい汗まみれの制服を脱ぐ。きっちりとした制服の下から、白桃のような綺麗《きれい》な形をした上向きの乳房が現れ、形のいいお尻が外気にさらされる。胸もお尻も大きすぎず小さすぎず、太腿《ふともも》やお腹回り、二の腕に背中と体全体が引き締まっていて健康的だ。

ボディタオルを手に持ち、髪を解《ほど》くと弾力のある漆黒《しっこく》の髪はさらりと広がった。お風呂グッズを入れた桶《おけ》を手にとり風呂場へ入る。湯気がやさしく肌を撫《な》で、その温かさに気持ちが和《やわ》らぐ。辺りに漂う石鹸《せっけん》の香りも気持ちを落ち着かせてくれる。風呂は白亜《はくあ》のタイル張りで、所々に綺麗《きれい》な模様が描かれている。浴槽の壁の真ん中から獅子《しし》の像が突き出しており、その口からお湯が流れ出している。

数百年前の騎士団設立の際、建物を建てているとき偶然源泉を掘り当てたらしい。

シルフィーナは木製の手桶《ておけ》でお湯をすくい、肩から流す。右、左とかけていくと体に溜まった疲れも一緒に流されていくようだ。

「ふうう……」

心地よさに安堵《あんど》の溜息が出る。そうして彼女は体を洗い始めるのだった。

「ああ、生き返るぅ～……」

体を洗い終えたシルフィーナは湯船に浸《つ》かり、目いっぱい四肢を伸ばす。浴槽は縦横三メートルあるので、存分に足を伸ばすことができるのだ。そのまま全身を伸ばし、彼女はぷかりと浮いた。この解放感がシルフィーナは大好きなのだ。

なにしろ騎士団にいると、自分が女だというだけで目立ってしまう。同じ騎士であるのに女騎士と連呼されたこともある。

それもあいまって、騎士服を着ているときは、なにかと周りの目が気になる。そんなわけで、人々の視線から解放されるこの広い風呂で過ごす時間は至福のときだった。温かな湯が肌を包み込み、ほっこりとした幸せを感じる。周りからはよく凛《りん》としたイメージだとか、強い女だとか言われるが、シルフィーナはまだ十九歳だ。本当の自分は未熟な部分も多いし、子供っぽいところもある。顔立ちだって、大人の女性と呼ぶには幼すぎるように自分では思う。

シルフィーナは、桜色に染まり風呂の湯を弾《はじ》く肌に、ふたたびお湯をかけた。

ぷかりと水面《みなも》に漂う木《こ》の葉のように湯に浮かんでいると、誰かが脱衣所に入ってくる音が聞こえた。

（ああ、さっきの侍女がタオルを持ってきたんだな。それにしても、バスタオルまでただで支給されるなんて、いい施設だよなぁ。いつもふわふわでいい香りがして新品同様だし）

「……そろそろ上がるか」

いつもより長く湯に浸《つ》かっていたためか、シルフィーナは自分の体が普段より火照《ほて》っていると感じる。浴槽から出ると、髪を絞り水分を抜く。そのまま、すたすたと歩き、片手に桶《おけ》を持って脱衣所の扉を開けて中に入った。

「はい、どうぞ」

すっとバスタオルを差し出される。

「ああ、ありがとう。助かる……うわあっ!?」

なんと、目の前にいたのはジェラールだった。

シルフィーナは、とっさに胸と秘所を手で隠す。

「おや、そんなに驚かなくても。ちゃんと拭かないと風邪引いちゃいますよ～?」

のほほんと力の抜ける笑みを浮かべ、ジェラールはシルフィーナに再度バスタオルを差し出す。

「ここでなにをしているッ!」

真っ赤になりながらバスタオルを奪い、さっと体に巻きつける。

(ななな、なぜここに団長がいるんだ!? ここは女風呂だよな?)

「ええ、心配せずとも女風呂ですよ。ここへ来る途中にすれ違った侍女のお遣いです。

そのお陰で君にこうやってバスタオルを渡すことができた、という訳でして」

シルフィーナの考えを読んだのか、悪びれた様子もなく答えるジェラール。しかしシルフィーナを見つめる彼の瞳は、わくわくと楽しそうだ。

「任務を終えたら、出ていってください。迅速に！」

「嫌です。せっかく君の湯上がり姿が見られるのに、もったいない」

「ここは女風呂です。すぐに出ていかねば人を呼びます」

顔を熱くしながら睨《にら》みつける。

「ふふ、そんな威嚇《いかく》しなくてもいいじゃありませんか。可愛くて苛《いじ》めてしまいそうです」

「っ!!」

(この団長危険だ!!　一刻も早くご退場願わなくては！)

「あな、あなたは、ご自分の立場というものをわかっているのですかッ！」

「ええ、それはもう、もちろん」

慌てて声を荒らげるシルフィーナを目の前にしても、ジェラールは子猫でも相手にしているかのように接する。

「団長ともあろう者が、女風呂を覗《のぞ》いたとあっては、騎士団の名に傷がつきます」

「そんなことはありません。僕は堂々と見に来ましたし、表には清掃中の看板を出しておきましたから」

ぬかりはありません、とジェラールは微笑んだ。

「うぐ……」

(団長のくせになんて奴なんだ。というか覗《のぞ》くにしても私以外のもっとこう、可愛い女の子を見ればいいのに)

「僕はここで大人しく観察していますから、どうぞお着替えになってください」

「って、できるかっ！」

(なにが悲しくて貴様の前で着替えなきゃならん！)

怒り半分羞恥《しゅうち》半分で、シルフィーナはぐっと拳《こぶし》を握り締める。

「おや、できないなら僕が手伝ってあげましょう」

「そういう意味じゃない！　いいから出てけ！」

「据《す》え膳《ぜん》を前にして出ていくわけないじゃありませんか、あははははは」

「この……っ」

(誰が据《す》え膳《ぜん》か！　貴様なんぞ誘った覚えはないっ！)

怒りが頂点に達したシルフィーナは、ジェラールの顔めがけて拳《こぶし》を振り上げる。硬く握った拳《こぶし》が彼の左頬にめり込んだ——

と、思いきや難なく躱《かわ》された。

「僕には敵《かな》わないとわかっているのに、無駄なことをするんですねえ」

ジェラールはくすくす笑いながら拳《こぶし》を避《よ》け、シルフィーナの手首をふわりと捕らえた。

「はい、捕まえた」

語尾にハートでもついていそうな楽しげな声で言う。それがシルフィーナを苛《いら》つかせる。

必死で腕を戻そうとするが、びくともしない。しかも、巻いていたバスタオルがはらりと落ちた。

「へ⁉　きゃあぁっ」

慌てて体を隠そうとしたけれど、片手はいまだジェラールに掴《つか》まれたままで、とっさにシルフィーナは胸を隠す。

「おやぁ、これは眼福《がんぷく》ですねぇ」

「みっ、見るな！　馬鹿っ‼」

見られまいと体を縮め、膝頭《ひざがしら》を擦《す》り合わせた。

身内以外の異性に初めて裸体を晒《さら》してしまったシルフィーナは、恥《は》ずかしくて恥《は》ずかしくて堪《たま》らない。顔だけでなく耳まで熱くなる。

「それは無理な相談です。こんな綺麗《きれい》なものを見るなだなんて、君は酷いことを言いますね」

「ひ、酷いのは貴様だ！」

羞恥《しゅうち》に瞳が潤《うる》み声を荒らげても、ジェラールは気にする素振りも見せない。

（こんなの死ぬ！　恥《は》ずかしくて死ぬ‼）

「ふふ、可愛いですねぇ。キスしましょうか」

「ふ、ふざけるなっ！　放せ！　放せというのにっ！　この変態ッ！」

シルフィーナが全力で抵抗しているのに、掴《つか》まれた腕はびくともしない。

（くそっ、これだけ大声を上げているのに、なぜ誰も来ないんだ⁉）

「シルフィーナさん、諦《あきら》めてください」

穏やかな微笑と共に唇が重なった。

「んむっ、やめ……っ……」

やめろと言いたいのに、口を開いた瞬間するりと舌が入ってきて言葉を紡ぐことができない。

（く、くそぉ。このセクハラ団長め！　なんでこんなに気持ちいいキスしてくるんだ、体に力が入らない）

「や……ぁ……ふ……うぅ……んん……」

何度かやめろと言おうとしたのだが、どうにも言葉にならず、代わりに出るのは甘えるように鼻から抜ける声だけだ。蹴りを入れたいのに下半身に力が入らず、もどかしさにシルフィーナは眉根を寄せる。

そんな彼女の体を、ジェラールの手のひらがやさしく撫《な》で回す。頬から肩、背中を辿り腰までふわりと撫《な》でられ、そのままお尻に触れられた。その大きさと質感を確かめるように、やわやわと片方のお尻を揉まれる。火照《ほて》った肌に触れる手がひんやりしていて、思いのほか気持ちよく、シルフィーナの体が小刻みに震えた。

（ああ、私は一体こんなところでなにをしているんだ。一刻も早くこのいやらしい手を振り払って、一撃見舞って離れるべきなのに）

こんなふうに触れられることに慣れていない彼女の耐性はないに等しく、初めて与えられる快感に体が言うことをきかない。離れなければと思う反面、もっとこの感触を味わいたいとも思ってしまうのだ。

「んぅ……っ」

しばらくお尻を撫《な》でていたジェラールの手が、隠しきれていないシルフィーナの胸に触れる。彼女の腕からはみ出ている胸の柔《やわ》らかな肉を下からすくい、繊細なものを扱うようにやさしく触れてくる。恥《は》ずかしさに思わず身を引こうとしたら、舌をきつく吸われ阻《はば》まれる。それから彼の手はゆっくりと胸の下からお腹へと移動した。焦《じ》らすような触れ方に、じわじわと快感が広がっていく。そうして、とうとう彼の指が、シルフィーナの体の中心の淡い茂みに触れた。

「んーっ！　んんーっ!!」

（やめろ！　そこには触れるなっ！）

そう叫んだつもりだったが、呻《うめ》き声にしかならなかった。ジェラールは深い口づけを繰り返しながら、そのまま指を茂みの奥へ滑らせ、潤《うる》みきった花弁に触れた。そっと触れただけで指が湿った。浅い部分で指先を動かすと水音が響く。

それを耳にした瞬間、シルフィーナは恥《は》ずかしさのあまり消えてしまいたいと思った。

一方ジェラールは満足そうに、塞《ふさ》いでいた唇をそっと離した。

「んぁっ……はぁ、やぁ……っ」

鼻から抜ける甘い声がシルフィーナの濡れた唇から漏れた。

「感じやすく濡れやすい、いい体ですねぇ……こんなに涎《よだれ》を垂らして、なにをそんなにほしがっているんです？」

「ちがっ……こんな、のは、違う……ひんっ」

ジェラールの指先がある一点を掠《かす》めただけで、シルフィーナの腰がびくんと跳ねる。

「あっ、あっ……や……そこは、あぁ……っ」

薄皮の上から何度もやさしく指の腹で花芯を掠《かす》めるように撫《な》でられると、そのたびに熱く切ない疼《うず》きが湧き起こる。お腹の奥がじんじんして足の力が抜けていく。

今シルフィーナはジェラールの胸に顔を押しつけ、なんとか立っている状態だ。その間も彼の指は動き続け、腰から背中へせり上がるゾクゾクした感覚に気持ちよすぎて涙を零す。

「ふふ、可愛いですねぇ。ああ、ほら、また奥から溢《あふ》れてきましたよ。お陰で僕の指はびしょ濡れです」

蜜をすくい取り、見せつけるように彼は濡れた指を舐《な》めてみせた。

「やだ、も、勘弁、してくれ……」

少し骨ばったすらりとした指を伝うものが、自分の秘所から溢《あふ》れた蜜だと思うと恥《は》ずかしくて堪《たま》らない。さらにそれを舐《な》め上げるジェラールの舌が、とてつもなくいやらしいものに思えて泣きたくなる。

羞恥《しゅうち》が頂点に達したシルフィーナは思わず懇願《こんがん》した。一瞬でも早く解放されたいと願った。

「仕方ありませんねえ」

そう言うとジェラールは彼女を壁際の長椅子に座らせる。

「はぁ……」

しかしシルフィーナがほっとしたのも束の間、そっと両膝を左右に開かれる。

「な、にを⁉」

反射的に閉じようとするが、力の入らない足ではまったく歯が立たない。彼女の中心から、とろりと熱い蜜が椅子まで垂れていった。

「なにも恐れることはありません。気持ちよくしてあげるだけです。ふふ、熟《う》れた果実のように赤くなって可愛いですねぇ。君のここは」

秘所を見られたことだけで物凄く恥《は》ずかしいのに、なんとジェラールは彼女の両足の間に体を割り込ませ、潤《うる》んだ秘所にゆっくりと顔を埋《うず》めてきたのだ。

「馬鹿っ！　なにするんだっ⁉」

ジェラールの頭を押し返そうと両手を置いて突っ張る。しかし、ちゅっと音を立てて花弁に口づけられると、ふにゃりと全身の力が抜け落ちた。自分のもっとも見られたくない恥《は》ずかしい場所で、こともあろうに騎士団長の熱い舌が蠢《うごめ》いている。わざといやらしい音を立てながら秘所を舐《な》められ、あまりの恥《は》ずかしさにシルフィーナの全身がわなわなと震えた。

「やだ……やめ、ろ……ぁあっ……ん……っ」

（なんでそんなところを舐《な》めるんだ。恥《は》ずかしいからやめろ！）

髪を掴《つか》んで引っ張ろうとした手は、ふるふると震えるばかりだ。ジェラールの熱い舌がねっとりと、そして焦《じ》らすようにゆっくりと蜜を舐《な》め上げる。そこから溶かされてしまいそうなほど熱く甘い疼《うず》きが全身に広がり、のけ反ってしまう。

「君がこんなに溢《あふ》れさせるから、舐《な》めて綺麗《きれい》にしてあげてるんです。それなのにまた溢《あふ》れてくるからずっと舐《な》めざるをえませんねぇ？」

くすくすと笑い混じりの声で言われ、シルフィーナは顔を熱くする。情欲の色を濃くしたジェラールの熱い瞳に見上げられ、どくんとまた奥が疼《うず》く。執拗《しつよう》に蜜を啜《すす》るように舐《な》められ、こんなことをするなんてどうかしているという驚愕《きょうがく》と同時に、与えられる快感に抗《あらが》えない。ただただ体の奥深い所の切ない疼《うず》きに翻弄《ほんろう》され、体が震える。

腕はジェラールの頭に置いているのですでに胸が露《あら》わになっているが、そんなことに構っている余裕すら失《う》せている。

「あぁっ、や……っ、やめっ……あっ、くぅ……っ」

蜜を舐《な》めていた熱い舌が、シルフィーナのもっとも敏感な小さな芽に触れる。そして

ゆっくりと焦《じ》らすように、その芽を舌先でちろちろと舐《な》め回す。強すぎる快感に彼女の腰が跳ね、胸を突き出すように背中をのけ反らせる。荒かった息がますます熱を含み激しくなり、啜《すす》り泣くような甘い声が喉から漏れる。

「ずいぶん気持ちよさそうですねぇ、このままさらに気持ちよくなりましょうか」

「ひぅっ」

　敏感な小さな芽にかかるジェラールの熱い息だけで達しそうになり、シルフィーナはぎゅっと目を閉じた。

（なに、なんだこれ……なにか、くる……!?）

　先ほどから何度も腰がびくびくと揺れ、疼《うず》きが酷く強く、どうにかなってしまいそうだ。

　しかしそんなことはお構いなしに、ジェラールの舌は赤く充血した芽を直接舐《な》め、ちゅううっとそれを思い切り吸い上げた。

「あっ、あああぁあぁっ……――っ」

　その瞬間、腰が砕けるような物凄い快感が押し寄せ、背筋を駆け上がる。そしてシルフィーナは大きく体を震わせて達してしまった。

「はあっ、はあ……ぁ……」

　一気に全身の力が抜け、のけ反ったまま肩で息をするシルフィーナ。その肌はうっすらと汗ばんで、なんともいえない色香を放つ。

「このまま君を抱いてしまいたいところですが、今はここまでで我慢しておきましょう。可愛い声もたくさん聞けましたし、ね」

彼女の秘所から頭を上げると、ジェラールは肌に唇を滑らせながらゆっくりと上へ進む。柔《やわ》らかな腹に、脇腹に、乳房に、そして喉に唇で触れる。

最後に蕩《とろ》けきったシルフィーナの顔を満足そうに見つめ、触れるだけのキスをしてそっと彼女を解放する。

「……っ……」

文句の一つでも言ってやりたいのに、言葉が出てこない。それどころか、初めて迎えた絶頂のせいで睨《にら》みつけることすらできない。

「風邪を引かないように、きちんと体を拭いてくださいね」

床に落ちていたバスタオルを拾うと、ジェラールはシルフィーナの体にそっとかける。それから名残《なごり》惜しそうに頬をそっと撫《な》で、彼はその場を立ち去った。

「………くそっ」

シルフィーナはようやく絞り出すようにそれだけ呟き、のろのろと体を拭き始める。まだいつものようにきびきびと動くことができないのだ。

（人を慰《なぐさ》み者のようにして……っ。許さない……こんな恥辱《ちじょく》を味わわされるとは。大体なんで私なんだ。この騎士団の唯一の女性だからか？　私などいつでも手篭《てご》めにできると、馬鹿にしているのか？　ああ、もう。腹が立つ）

他の騎士団の女騎士たちに相談してみようかとも一瞬思ったが、自分の所属する騎士団の団長に性的嫌がらせを受けているなどと……話せるわけがない。

（一体どういうつもりなんだ）

「なぜ私に触れてくる……？」

こうして女騎士は、答えの出ない問いに頭を悩ませるのだった。

3　団長補佐

うららかな春の日――風呂での一件の一週間後。

「な・ん・だ・こ・れ・は！」

騎士団長であるジェラールの執務室を訪れたシルフィーナは、一枚の書類を乱暴に机に叩きつける。その反動で机の上にあるものが一瞬宙に浮いた。

怒りでシルフィーナの握り拳《こぶし》がわなわなと震えている。

「え、見てわからないんですか？」

ジェラールは目を瞬《しばたた》かせた。それから、書類を押さえつけるシルフィーナの手をどかし、書面を読み上げる。

「シルフィーナ・ブリードハルトを本日付けで、聖ステラ騎士団団長補佐に任命する。――というようなことが書いてあり……」

「そんなことはわかっている！」

「ひぃぃっ」

ただならぬ怒気を孕《はら》むシルフィーナの声に、騎士団長であるジェラールは情けない声を漏らす。

「なぜ！　私が！　貴様の補佐をしなくてはならないんだッ！」

「なぜってそりゃあ、僕が君を気に入ったからに他なりません」

「職権乱用じゃないか！」

「ふふ、そうとも言いますねぇ。ですが人手を借りたいのも本当ですよ」

さっき怯えた声を上げたのが嘘のように、ジェラールはにこにこしている。

「私はやりたくありません。他の人にしてください」

少し落ち着きを取り戻し、敬語で話すシルフィーナ。そんな彼女に対し、あくまでもにこにこと笑顔で答えるジェラール。

「僕は君がいいんです。諦《あきら》めてください」

「……そんなに私に嫌がらせをしたいんですか？」

「嫌がらせなんてした覚えは一切ありませんが」

そう答えたジェラールは、さも意外だと言わんばかりの顔だ。

「しらばっくれるな！　今までの所業《しょぎょう》の数々を忘れたとは言わせない。嫌がる私に無理矢理キスしたり、そっ、それ以上の恥《は》ずかしいことまで……っ」

言いながら先週の出来事を思い出し、恥《は》ずかしくなってきてシルフィーナは頬を熱くする。

「なるほど。君は僕が嫌がらせのためにあんなことをしていると思ってたんですね。ふふ、恋愛経験の乏《とぼ》しい君では、そう思っても仕方ないかもしれませんねぇ」

「嫌がらせではないと？」

「ええ。むしろその逆です」

「逆……？」

（逆ってなんだ？　なにを言っているんだ、こいつは。わけがわからない）

ジェラールはすっと椅子から立ち上がると、疑問顔のシルフィーナの手をそっと取る。

それから、彼女の前に立ち、ゆっくりと片膝をついてこう告《つ》げる。

「シルフィーナさん、僕は君のことが好きです。女性として、恋愛対象として君が好きなんです。僕の恋人になってくれませんか？」

ジェラールは真っ直ぐに青い瞳をシルフィーナに向ける。その瞳に宿《やど》る光も、口元に浮かぶ笑みも柔《やわ》らかな春の日差しのようだ。

それから彼はシルフィーナの指に恭《うやうや》しく口づける。ジェラールの思ってもみない行動に、シルフィーナは一瞬頭の中が真っ白になってしまった。そのせいで言葉が中々口から出てこない。

「…………は？」

やっと絞り出した言葉は、その一言だけだった。

(団長が、私のことを好き……？　このセクハラ男が？　なんの冗談だ、これは……。意味がわからない)

「団長……なにを血迷ってそんな戯言《ざれごと》を……」

「戯言《ざれごと》ではありません。至極わかりやすく僕の本心を打ち明けたのですが。僕はなんとも思わない女性にキスしたりしません」

「あれは私との勝負に勝ったから……」

シルフィーナは困惑していた。純潔はまだ失っていないが、心より先に体に触れられてしまったのだ。だから彼はほんの気まぐれで自分の体に触れたのだと思っていた。心から好きな相手に、あんな不誠実な態度を取るのはおかしい。

「いいえ。勝っても好きでもない女性にはキスなんてしません。まあ、ちょうどいいきっかけだったので勝負に乗ったまでです」

自分を見上げるジェラールの青い瞳があまりにもやさしい光を宿《やど》していて、シルフィーナの心臓がどくんと跳ねた。

「あのまま見過ごして万が一君が負けたとき、他の人にキスする所なんて見たくありませんでしたからね。幸い僕にはそれを止めるだけの実力と権限がありました」

ふわりと微笑むとジェラールは立ち上がり、そっとシルフィーナの腰を抱き寄せる。

「……」

シルフィーナはジェラールの言うことがにわかには信じられず、口から言葉が出てこない。

「キス、しましょうか」

ジェラールの言葉に、シルフィーナは肯定も否定もせず、ただ彼の目を見つめている。

単純になんと言ってよいのかわからなかった。だが、今までのように激しく嫌だとは思わなくなっていた。

すぐにお互いの唇が重なる。柔《やわ》らかな唇の感触を味わうように、何度も触れては離れる。ふにふにと唇で自分のそれを食《は》まれる感触が心地よくて、シルフィーナはうっとりと両目を閉じた。やがて濡れた舌先が唇を這《は》い、また舌を入れられるのだろうと彼女は軽く口を開ける。

しかし、中々舌が入ってこない。不思議に思った彼女がふたたび両目を開けると、自分を愛おしそうに見つめる青い瞳がある。最後に下唇を甘噛みされ、そのままジェラールの唇はシルフィーナのそれから離れた。

「……」

いつものような、情欲を煽《あお》るキスではなかった。とても心が温かくて切なくなるキスだった。心が満たされるような気がした。

(こんなキスなら、いつまでもしていたいかもしれない……)

自然と自分の手を上に伸ばし、ジェラールの頬を包み込む。

「……シルフィーナさん？」

「えっ、ちが、違う……っ」

慌てて手を引っ込める。なぜこんなことをしてしまったのか、シルフィーナ本人にもわからず焦る。

（私は一体なにをしようとしていたんだ……？　認めたくはないが……私は自分から――）

キスをしても今日は熱くならなかった顔が、今頃じわじわと火照《ほて》ってくる。

「しし、しごっ、仕事をくださいっ！」

話題を変えなくてはと、苦し紛れに彼女が口にしたのがこれだった。するとジェラールは盛大に噴き出し、声を上げて笑った。

「くくっ……本当に君は可愛いですねぇ。キスのあとの会話がそれですか」

必死に笑いを噛み殺しながらジェラールは言った。

「う、うるさいっ。団長補佐とやらの仕事をさっさと回せ！」

（ちくしょう、穴があったら入りたい）

「そうですね、では簡単なものから」

そう言ってジェラールが持ってきたのは書類の山だ。それを、自分の執務机の前においてある応接セットの机の上に置いた。

「この書類を月ごとに分けて日付順に並べてください。上から一日、二日、三日というふうにね」

「わかりました」

「助かります。以前手伝ってくれていた子が、里帰りでやめてしまいましてねぇ。ざっと半年分くらい溜まってしまいました」

「……これは、各所で起きた事件の記録ですね」

シルフィーナはさっそく椅子に座り、仕分けを始める。仕分けながら文面に目を通すと、様々なことが記されていた。酒場に限らず、神殿や墓地、山中などあらゆる場所で問題が起きていた。対象も人に限らず、魔物や野生生物など多岐《たき》にわたる。

「ええ。ここには国中《くにじゅう》の報告が上がってきますからねぇ、それを捌《さば》くだけでも一日潰れると思いますよ。今渡した資料以外にも、まだたくさんあります」

「わかりました」

そう答えたシルフィーナは、すでに仕事モードに入っている。横長の机いっぱいに広げ、月ごとに報告書を仕分けていく。そうするうちに、時々色つきの報告書があることに気づく。だから彼女はそれらも別によけて仕分けを続けていく。

二時間ほど続けていると、いつの間に持ってきたのか、ジェラールにミルク入りのコーヒーを手渡された。

「ありがとうございます」

「いえいえ、僕が飲みたくてついでに淹《い》れてきただけですから。作業は順調なようですねぇ」

「……今まで団長のことをただの間抜け野郎だと思っていたのですが、改めます」

「間抜け野郎って酷いですね」

「団長の普段の間抜けな行為は、爪を隠すためですか？」

「いいえ。割と、どじっ子なんですよ、僕」

「はぁ、そうなんですね……」

シルフィーナはコーヒーをひと口啜《すす》り、書類に目を落とす。象牙色《ぞうげいろ》の報告書だ。左上に赤く「危険度Ａ」と押印《おういん》されている。これはその場に現れたのがボス級の魔物ということを意味する。そしてこの事件に対処した者の名の筆頭に、ジェラールが挙がっていた。

このレベルの事件は、ほぼジェラールが対処している。しかも被害を最小限に抑えている。さらにその倒し方に目を通すと、ほぼ弱点を一撃で仕留めている。こんなことをするのは、よほど腕に自信があるか馬鹿な奴かのどちらかだ。

（この人があまり騎士団の訓練に顔を出さないのは、討伐に出る機会が多かったからなんだろう。なるほど、私がいくら頑張っても歯が立たないわけだ。踏んだ場数、潜《くぐ》り抜

けてきた死線の数が圧倒的に違う。……悔しいな。入団から三年経つまでは危険度Cまでの魔物討伐にしか行くことができない）

「……私は今どの位置にいますか？」

自分が今どれくらい実力があるのか知りたくて、零れた言葉だった。

「僕にそれを聞いてどうするんです。危険度Aの魔物でも太刀打《たちう》ちできるとでも言えば、君は満足するんですか？」

「――っ」

カッ、とシルフィーナの頬が熱くなる。自分の浅はかな問いに羞恥《しゅうち》を感じたからだ。

そのとき、ぽん、とジェラールの手が彼女の肩に置かれる。

「焦る必要はありません。あと一年我慢しなさい。そしたら僕が連れていってあげます」

「ほんとですかっ！」

シルフィーナは期待に瞳をきらきらと輝かせる。

「ええ。ですから日々鍛錬《たんれん》なさい。君は十分強くなります。僕としては、あまり強くなってもらっては困りますが」

「なぜですか」

シルフィーナが不思議に思って見上げると、くすりと笑いジェラールはこう言った。

「自分が好きな女性を危地に向かわせたい男など、この世に存在しませんよ」

「そういうものですか」

「そういうものです。君はそこそこ強いですが、僕としては貴族の令嬢のようにドレスでも着て、のんびり紅茶でも飲んで待っていてほしいですねぇ」

「私がドレスを着ても女装にしか見えないと思いますが」

「そんなことはありません。男と同じ騎士服に身を包んでいても、君の美しさは隠せていません」

「わっ、私は美しくなど……っ」

――騎士の道を選んだときから、女性らしさとはさよならしたのだ。少なくとも自分はそのつもりだ。だが完全に捨てたつもりもなく、唯一髪だけはと伸ばし続けている。

「なぜでしょうねぇ、君はたまに酷く自己評価が低い。いいものをたくさん持っているというのに」

「ですが、私は他の女騎士のようにお洒落《しゃれ》でもなければ、口紅すら塗ってなくて……剣ばかり振り回していて……女性らしいことなど、なにもできなくて」

徐々に下を向き俯《うつむ》いた彼女の顎《あご》をすくい上げるように、ジェラールの指が捕らえる。

「シルフィーナ」

「……っ」

初めて呼び捨てにされ、シルフィーナの心臓がどくんと跳ねる。そっと顔を上向かされ、親指の腹で唇をゆっくりとなぞられると、羞恥《しゅうち》に瞳が潤《うる》み頬が熱くなる。

「ほら、やっぱり綺麗《きれい》で可愛い」

改めて実感したというふうに、ゆっくりと、そしてしっかりとジェラールは口にした。

「団長の言うことは理解不能だ。意味がわからない……」

(私はなにも特別なことなどしていないのに、なぜいきなりそんなことを言うのだろう？　そうだ、こいつの目は腐ってるに違いない)

シルフィーナは恥《は》ずかしさに視線を逸らす。

「無理にわかる必要はありません。……君は存在するだけで、どんな宝石にも勝《まさ》るのです」

宝石という単語を聞いて、シルフィーナは瞠目《どうもく》した。

(寝ても覚めても騎士になるためにひたすら鍛錬《たんれん》してきた私が、宝石にも勝《まさ》る……？　だめだ……ますますもって団長の言っていることの意味がわからない……こんなにも理解に乏《とぼ》しいなんて、私はなにか欠けているのだろうか。どうしよう、なにか足りないとすれば騎士としての業務に支障をきたすかもしれない)

そんな思いが、彼女に不安な顔をさせた。

「わ、わかりません……私は自分が宝石に匹敵するとは、とても思えません……」

「ふふ、そんな情けない顔をするもんじゃありません。君は今のままで十分素敵ですから」

不安な彼女とは対照的に、ジェラールは愛おしむような笑みを浮かべ、頬をやさしく撫《な》でた。

シルフィーナは頬を撫《な》でられながら、ふたたび報告書に目を落とす。自分にはまだ参加することが許されない危険度Ａの文字が、眩《まぶ》しく見える。

「……どうして団長はそんなに強いんですか？　いつから剣を握っていたのですか？」

「僕の強さは天から授かった才能ですよ。どうすれば敵を一撃で仕留められるのか、効率よく狩れるのか。そんなことを考えるまでもなく、体が先に反応するんです。剣は物心ついた頃には、すでに握っていましたね。誰かに教えてもらわなくとも、この剣はこう使うのだと本能でわかっていました。それでも師匠と呼べる人がいて、その人のもとで十年ほど教わっていました」

「え、団長に師匠がいるんですか？」

「おかしいですか？　教わる必要がないのに師がいるというのは」

「おかしくはないですけど、意外で……」

「素晴らしい方ですよ。僕が騎士の道に進もうと決めたのは彼の影響です。……強いからこそ、その力は正しく使わなければならないと、彼は口癖のように言い続けていました。一人でも多くの人を救ってあげなさいと」

(確かにそうだ……強い魔物も倒せてしまうくらいなら、間違ったことにその力を振るえば大変なことになる。殺戮者《さつりくしゃ》にだってなれてしまう)

「その強さの分だけ慈悲の心を持てと言われ続けました。あははは」

そうやって呑気《のんき》に笑うジェラールを見た瞬間、シルフィーナの胸がキュンと締めつけられた。

「本当に素敵な師匠だったんですね」

「ええ。最高の師匠でした。もしよろしければ、君が騎士を目指したきっかけなども聞かせてもらいたいのですが」

すでに聞く気満々だったらしい彼は、シルフィーナの隣に座った。

「えっ、わ、私は人に話して聞かせるほどの理由では……」

ほんのりと目元が熱くなる。

「誰にも言いませんから、ね？」

わくわくとした目で見つめられると、語ることを必要以上に断る理由もなく、シルフィーナは控えめに話し始める。

「では、話しますが……絶対に他の人には言わないでください……今から十年前のことです。私がまだ九歳の頃、当時住んでいた家が放火に遭い……私は逃げ遅れました。そのときは夜で眠っていたんです。季節はずれの暑さと煙たさで目を覚ましたときには、辺りは火の海になっていて……正直もう助からないのだと思いました」

「放火、ですか……」

ジェラールの言葉に、こくりと頷くシルフィーナ。

「猛烈な火の勢いが怖くて、私はベッドの上で呆然《ぼうぜん》として身動きさえできなかったんです。自分はここで死ぬんだと思いました。でもそのとき、寝室のドアが綺麗《きれい》に斬られて、吹き飛んできたんです。びっくりしました。炎と煙でよく見えませんでしたが、両手に剣を持った少年が、私を見つけるとすぐ駆けつけてきました」

炎と煙に加え、辺りが夜で暗いこともあり、その人物が十代くらいの少年だということだけしかわからなかった。

彼は襲いくる炎をものともせず、シルフィーナを背に庇《かば》った。頭上からは崩れ落ちた天井が部屋全体を覆《おお》い潰すように降ってこようとしていた。当時のシルフィーナにはそれが、スローモーションのように見えたものだ。しかし次の瞬間、彼女は二度目の驚きを体験する。

少年はまったく怯《ひる》むことなく、鋭くしなやかに両手の剣を天井に向かって繰り出した。そのときの剣捌《けんさば》きがあまりにも美しく、今でも鮮明に記憶に残っている。一振《ひとふ》りにしか見えなかった彼の攻撃で、天井だったものはぶつ切りにされボトボトと床に落ちた。シルフィーナの目には速過ぎて、その攻撃が何回繰り出されたのかすらわからなかったのだ。

——そして、彼女はそのとき恋に落ちた。

『お姫さまをまもる騎士みたい』

そう幼心に思い、彼の勇敢なうしろ姿に一瞬で惚れてしまった。

「その少年の背中が忘れられなくて、私も彼のように誰かを守れるような強い騎士になりたいと思ったんです。……恥《は》ずかしながら、私が騎士になった理由はそんな、幼い頃の恋心なんです……」

そこまで話すと、シルフィーナは恥《は》ずかしさに顔を両手で隠すように覆《おお》った。

「なるほど。なんだかとても君らしくて微笑ましいですね。その少年とはその後、会えたのですか？」

ジェラールの問いにシルフィーナはふるふると頭を横に振った。

「どこの誰なのか、顔も名前もわからなくて……それだけが心残りです」

「心残りとは、なぜでしょう」

「当時の私は火事が怖くて、その少年にお礼を言うこともできない状態で……命を救ってもらったのに」

「そうですか。ですが、きっと君の想いは伝わっていたと思いますよ。それに、我が身の危険を恐れず君を助けにきたくらいです、見返りなど求めてはいないでしょう」

ぽんぽんとやさしく頭を撫《な》でられ、シルフィーナは泣きたくなった。ずっと心残りだったことが、すべて許された気がしたからだ。

「……そうなら、嬉しいです……」

「なるほどねぇ。君の炎恐怖症というのは、その事件がきっかけだったんですね」

「え、どうしてそれを団長が知っているんですか？」

覆《おお》っていた手を下ろし、シルフィーナは顔を上げる。

「騎士団名簿に書いてありましたから。入団するときに色々書いたでしょう？　履歴書みたいなものを」

「あ、そういうことですか」

確かに、備考欄に炎恐怖症と書いた覚えがある。

下手に隠して任務で足を引っ張る事態は避けたいと思い、書き記したのだ。

「これでも団長ですからねぇ。団員の得手不得手《えてふえて》は把握しておかないと、任務がスムーズにいきませんからね」

「もしかして、全員分頭に入ってるんですか？」

「当然です。特に新人さんたちはトラウマに当たらないように仕事を割り振ってますよ」

「そうですか……」

（ただ呑気《のんき》に笑ってるだけの人じゃなかったんだ……特に私に対してはセクハラばかりしてくるから、ある意味最低だと思っていたのに。私は団長の上辺しか見ていなかったんだな……。いやらしいことを差し引くと、こんなに強くて部下思いな人が団長だなんて恵まれている）

「さて、仕事に戻りますかね」

すっと立ち上がったジェラールは、自分の執務机へ向かおうとした。だがそのときシルフィーナが作業していた机の脚に自分の足をひっかけてしまい、硬質な音を立てて机が横転した。それと共に彼女がせっせと分けた書類は床に投げ出され、バラバラに散らばってしまった。

「あ……倒れちゃい、ました」

一瞬、気まずい空気が二人の間を流れた。

「すみません、すみません！　わざとじゃないんです！　こここ、これは悲しい事故といいますか、お茶目なハプニングと申しましょうか……」

ジェラールは床を這《は》いずり回りながら、散らばった報告書をかき集める。その様子は滑稽《こっけい》ですらある。

「団長……あとは私がやりますから。作業が済むまで半径一メートル以内に入ってこないでください。いいですね？」

先ほどとは打って変わって情けない団長の姿を見て、怒りを通り越しシルフィーナは呆《あき》れてしまう。

「シルフィーナさぁああん！　僕を嫌いにならないでくださいね～っ！」

集めた報告書を両手いっぱいに抱きしめ懇願《こんがん》してくるジェラールを見ていると、情けなくなる。

「あー、もう、うっさい！　もっと団長らしくしろっ」

（なんなんだ、まったく。せっかく少し見直したところだったのに）

米つきバッタのようにへこへこと謝るジェラールがおかしくて、シルフィーナは彼が見ていないところでくすりと笑った。

それからお昼まで黙々と作業を続け、シルフィーナとジェラールは食堂に足を運んだ。

「さーて、今日のお昼はなにを食べましょうかね～」

呑気《のんき》に鼻歌を歌いながら、ジェラールは皿に料理を取り分けていく。シルフィーナも適当に見繕《みつくろ》い、空いている席に一人で腰を下ろした。すると、すかさずいつものメンバーが彼女を取り囲む。

「なあなあ、シルフィーナ。団長と付き合ってるって本当なのか？」

「あれ。この感じだと、お付き合いはまだみたいですね～」

ヨアヒムとマーキスが、なにかふざけたことを言っているとシルフィーナは思った。

「よし、じゃあ俺は団長が振られるに銅貨一枚！」

「なら僕は団長がシルフィーナさんを落とすに銅貨一枚賭《か》けますね！」

「あはははは。僕たちのことを賭《か》けにするなんて、面白いですねぇ」

少し遅れてきたジェラールが、シルフィーナの隣に座る。

「団長～！　手応《てごた》えはどうなんですかっ。落とせそうですか？」

楽しげに尋ねるのはマーキスだ。

「そんなの落とすに決まっているじゃありませんか。僕は負けが見えている勝負はしない主義なんです」

「うわー、これでシルフィーナが靡《なび》かなかったら、いい笑いもんだぜ、団長」

すかさずヨアヒムも会話に加わった。

「フフフ、心配はいりません。彼女はもう僕の手のひらの上です」

昼食をぱくぱくと食べながら、ジェラールの眼鏡がキラリと光る。

（――なんだこれ。なにこの空気……私、もう帰っていいですか）

勝手に盛り上がる男たちを若干冷めた目で眺めつつ、シルフィーナは食事を進める。

（お、今日のポテトサラダすごく美味《うま》いな。人参の甘みとベーコンのしょっぱさがすごく合う。美味《おい》しいものを食べると幸せな気分になる……）

「で、どうなんだよ。シルフィーナ」

昼食を堪能している彼女に、ヨアヒムが問いかける。

「どう、とは？」

「団長のこと、好きか嫌いかって聞いてんだよ」

ヨアヒムはじめ、マーキスとジェラールも興味津々《きょうみしんしん》といった様子で彼女に視線を送る。

「な、なんだ皆して。私は別に……好きでも嫌いでもない……」

「だめですよぉ〜、そんなあやふやな答えは認めませーん。白状してください、シルフィーナさんっ」

マーキスに囃《はや》し立てられても返答に困る。

「……っ」

(どうしよう……なんて答えればいいんだ)好きかと聞かれれば違う気もするし、だからといって嫌いでもない。

「はいはい、そこまで。僕の好きな女性をあまり困らせないでやってください」

シルフィーナが言いあぐねているのを見て不憫《ふびん》に思ったのか、すぐにジェラールのフォローが入った。その顔にはいつもの、のほほんとした笑みが浮かんでいる。

(やれやれ、助かった……)

冷や汗をかいたシルフィーナは、助け舟を出してくれたジェラールにほんの少しだけ感謝した。まさかあの腑《ふ》抜《ぬ》けた笑顔を見てほっとする日がくるとは思わなかった。

「ごちそうさまでした」

昼食をとり終えたシルフィーナは席を立つ。そのあとにジェラールも続く。

「はあ……」

食堂を出るとシルフィーナは安堵《あんど》の溜息をついた。

「ふふ。災難でしたねぇ。皆若いですから他人の恋愛事情は気になっちゃうんですね〜」

「笑いごとではありません。大体こうなったのは団長のせいじゃないですか」

（剣の勝負で負けたあの日。よりによって人前で、頬ならまだしも、くっ……口にキスしてくるからっ。あのあと私がどれだけ恥《は》ずかしい思いをしたことか。知り合いが通るたびにキスのことを聞かれたらどうしようかと、気が気じゃなかった。この気持ちは今も継続中だけどな。あああ、一体どこまでこの噂は広まっているのだろう……ほとぼりが冷めるまで引きこもりたい）

「いいじゃありませんか。これで君に邪《よこしま》な想いで近づいてくる輩《やから》もいなくなったことですし」

「……どの口が言ってるんですか」

（風呂での一件、忘れたとは言わせないぞ。人をあんなふうに辱《はずかし》めておいて、よくもまあぬけぬけと！　普通の男だったら腕の一本も折ってやりたかったくらいだ）

「ところでシルフィーナさん。休憩所はそっちではありませんが」

自分とは別方向に歩いていこうとするシルフィーナを、ジェラールは呼び止める。

「先に執務室に戻ってます。仕事してたほうが気が紛れるので」

「そうですか。真面目というか、不器用というか……。あまり根《こん》を詰めすぎないようにするんですよ」

「大丈夫です」

笑い混じりの声で言われ少しむっとしたが、シルフィーナはさっさとその場を立ち去った。

ジェラールの執務室に着くと、ぽふっと応接セットのソファに座る。目の前の長机には昼前に集めた報告書が積んである。上下裏表も統一されておらず、本当にただ集めただけの状態だ。今からこれを整理するのだと思うと少し気が滅入《めい》ったが、とりあえず報告書に手を伸ばす。

文字の向きを揃えながら、まずは月ごとに報告書を分けていく。六分の一ほど分け終わったところで、ジェラールが部屋に入ってきた。

「おお、やってますねぇ～。偉い偉い」

「仕事ですから」

すっかり仕分けに没頭しているシルフィーナは、そっけなく答える。

ジェラールはそんなシルフィーナの傍まで来ると、ソファ越しに彼女の背後に立つ。それから彼女の艶《つや》やかな黒髪を一房《ひとふさ》手に取り、そっと口づける。

「シルフィーナさん……本当のところはどうなんですか？」

「どうって、なんのことでしょうか」

「さっき食堂で話していたことですよ。僕のことが好きか嫌いか、やっぱり気になりましてねぇ」

ソファに手をつきながら、ジェラールは語りかける。

「そっ、それは食堂で言った通りです。それ以上お答えすることはありません。よってこの会話は終了ですっ」

せっかく済んだ会話をなぜ蒸し返すんだと思いつつ、シルフィーナは会話を強制終了しようとした。しかし次に続くジェラールの言葉が、それを許さない。

「ふうん、本当にそれでいいんですか？　となると、僕を男性として見てもらうために、もっといかがわしいことをして意識させなくちゃいけませんねぇ？」

「は!?」

驚きのあまり、書類から顔を上げ、振り返るシルフィーナ。ジェラールを信じられない思いで見上げる。

「だって仕方ないじゃありませんか。それ以外にいい方法が思いつかないですし。いやぁ、困ったなぁ～もっとイヤラシイことをしなくちゃいけないなんて」

「な、なぜそうなるんだっ。別に、いやらしいことをする必要なんかないだろう！」

後半部分がわざとらしいジェラールの言葉に、顔面蒼白《そうはく》になりながらシルフィーナは否定した。

(なんて恐ろしいことを言いだすんだ、こいつは！　というか、なぜ私なんだ。他にいくらでも素敵な女性はいるというのに。私の長所なんて健康なことくらいだぞ)

「それが一番手っ取り早いじゃないですか。それに僕は、好きな人に毎日でも触れていたいんです」

仄《ほの》かに甘さを含む声で囁《ささや》かれ、シルフィーナはほんの少し頬を熱くする。

「だからといって、相手の気持ちも考えずに押しまくるのはどうかと思いますが」

「おや、これは失礼しました。僕には君が嫌がっているようには見えなかったので」

(はあ？　あんなに嫌だと意思表示してたのに、なにを見てたんだ、こいつは)

「私はきちんと意思表示していましたが。やめろと言っても聞かなかったのは団長ではないですか」

ジェラールは不満たっぷりのシルフィーナにくすりと笑いかけると、眼鏡を指でくいと押し上げ、こう続ける。

「でも君は本気で抵抗しなかったでしょう？　僕のキスを受け入れておいて嫌だとか言われても、まったく説得力がありません」

「だって、拒否権はないと言ったじゃないですか！」

思わず声を荒らげて反抗する。

「口ではね。心底嫌なら、そんなことに構わず僕を蹴るなり突き飛ばすなりしていたはずです。ですが実際の君はどうでしたか？」

「……っ、それは……」

（抵抗しても、気持ちよくされて力が入らなかったから……）

「耳を愛撫したときも、君は大人しく声を抑えて我慢していましたよね。僕は触れる手に力など一つも入れてなくて、普段の君の腕力であっさり逃げられるようにしていたというのに」

「う……」

ジェラールの言うことはもっともで、シルフィーナは口ごもる。そんな自分の耳の輪郭を指先でなぞりながら、彼は続ける。

「わかりましたか？　自分がどれだけ付け入る隙を与えていたのか」

「……」

シルフィーナは恥《は》ずかしくて、堪《たま》らず俯《うつむ》いてしまう。自分ではそんなふうに振る舞っているつもりなど微塵《みじん》もなかった。

そこへ、くくっと笑いを噛み殺すジェラールの声が鼓膜を揺さぶった。

「ほら、今このときでさえ君は僕の手を振り払おうともしないんです。これがどういうことか理解していますか？」

「え……？」

そんなこと気にも留めていなかった、そんな顔で見上げたら、ジェラールはもう一度笑みを浮かべる。

「無意識のうちに僕に触れられることに抵抗がなくなっている、あるいは気を許しているということに他なりません」

「そんな、ことは……」

シルフィーナは、自分の気持ちがはっきりわからず表情を曇らせる。

「ないと言いきれますか？」

「ないはずです……抵抗できないのは、団長に触れられると気持ちよくて力が入らないからで、不可抗力です……」

(そうだ。抵抗しないんじゃなくて、できないんだ。それなのに団長は私が嫌がってないなどと言ってきて)

「じゃあ、お聞きしますがね。なぜ、気持ちいいんでしょうねぇ？　例えば顔も見たくないほど嫌いな相手に触れられて気持ちいいと思いますか？」

「いいえ。触れることすら許したくないです」

「そうでしょうねえ。ではその逆はどうです？」

「好きな人なら、触れられたら嬉しくて気持ちいいと思います」

うんうんと頷くジェラール。

「では、そこから導《みちび》き出される答えは？」

「え？」

「僕に触れられると気持ちいいのでしょう？」

ジェラールはくすくす笑いながらシルフィーナの耳朶《みみたぶ》を指先で弄《もてあそ》ぶ。弱い部分に触れられて、シルフィーナの腰が軽く疼《うず》いた。

「う……でも、嬉しいわけでは……」

「体のほうは素直に喜んでいるようですが？」

「そんな……じゃあ私は団長のことが好きなんでしょうか？」

シルフィーナはとても不安になって問うた。

「それを僕に聞くんですか？　自分の気持ちにすら鈍感なんですねぇ、君は」

ジェラールは楽しくて堪《たま》らないといった様子で、シルフィーナの耳元に顔を寄せる。

「僕が今ここで教えずとも、答えはそのうちわかるでしょう」

耳朶《みみたぶ》にかかる吐息がくすぐったいと同時にぞくりとして、シルフィーナは身を硬くする。近すぎる距離にどくどくと心臓が脈打ち、またキスされるのではないかと気が気じゃない。

しかし彼女の予想とは裏腹に、ジェラールはそのまま身を起こすと自分の執務机に向かい椅子に腰を下ろす。それから書類に目を通し、必要なものには判を押していく。

——シルフィーナがほっと胸を撫《な》で下ろしたときだった。

「キスされるのではないかと思いましたか？」

「ひえっ」

時間差で図星を指され、シルフィーナはビクッと肩を揺らす。驚いた弾《はず》みで変な声を上げてしまった。ジェラールはその様子がおかしくて堪《たま》らないのか、明らかに別の意味で肩を震わせている。

「期待を裏切ってしまってすみませんねぇ。あとでしましょうね、キス」

楽しくて仕方ないとばかりに、笑い混じりの声でジェラールは言った。

「しっ、しません！」

驚きと恥《は》ずかしさで顔が熱くなり、少しばかりの悔しさで目尻には涙がうっすらとにじむ。

（ちっ、ちくしょう！　どうして私がこんな恥《は》ずかしい目にあわなければならんのだ！　団長なんか、団長なんか大嫌いだ！　側溝に落ちて捻挫《ねんざ》でもすればいいんだっ！）

それから午後の仕事が終わるまで、やけくそで業務に取り組んだシルフィーナだった。

夕刻の鐘が業務終了を告《つ》げる。

（変なことをされる前に帰ろう）

「お疲れ様でした。それでは失礼します」

シルフィーナは一言断りを入れ、さっさと部屋を出ようとする。そこへ、ジェラールの呑気《のんき》な声がかかる。

「ちょっとこっちに来てください。君に渡すものがあります」

「はい、なんでしょう」

すたすたとジェラールの執務机の前に移動すると、彼が座っている椅子のほうへ手招きされる。

「手を出してもらえますか？」

「はぁ」

なにを渡すのだろうと思いつつ、シルフィーナは手のひらを上にして右手を前に出す。

するとそのままジェラールが手首を掴《つか》んで、にっこりと微笑んだ。

「はい、捕まえた」

「は？」

慌てて手をうしろに引くが、やはりびくともしない。それどころか、じわじわと引き寄せられていく。

「放してくださいっ」

「ふふ、お馬鹿さんですねぇ〜。こんな単純な手にひっかかるなんて」

「馬鹿は貴様だっ！　放せ！　私は帰るッ」

（はめられた！　なんなんだ、この団長は！　私をからかうのが、そんなに楽しいのか！）

必死に両足で踏ん張るが、ジェラールにとっては大したことではないらしく、にこにこしながら手を引いてくる。まるでシルフィーナが抵抗するのを楽しんでいるようにも見える。一気に引き寄せることもできるのにそれをしないのは、きっとそういうことなのだろう。

一歩前に引きずり出され、シルフィーナは困惑する。

「ほら、どうするんです？　本気で抵抗しないのなら僕はどんどん君に踏み込みますよ」

そう言われたときには、ジェラールのもう片方の手はシルフィーナの腰を引き寄せていた。

「――っ」

互いの体が密着するように抱きしめられ、シルフィーナは焦った。頬をひっぱたくなり、足を蹴るなりできたはずだ。しかし彼女はそうしなかった。

（一体私はどうしてしまったというんだ……嫌なはずなのに、この人に触れられると、求められていると思うと、なぜか抵抗できなくなる……）

「考えている暇はありませんよ。キスしちゃいますよ？」

眼鏡の奥の青い瞳がやさしく笑い、シルフィーナの顔を上向かせる。掴《つか》んでいた手はすでに放され、やさしく頬を撫《な》でていた。そんなジェラールの穏やかな声を聞きながら、シルフィーナの瞳が葛藤《かっとう》に揺れる。

今なら軽く腕を振り払えば逃げることができる。

ゆっくりとジェラールの端整な顔が近づいてくる。それでもシルフィーナは迷ったまま動けない。すると、ジェラールはまず彼女の額《ひたい》に口づけを落とした。

「……抵抗、しなくていいんですか？」

頭上から降ってくる甘くやさしい声に胸が早鐘《はやがね》を打つ。すぐに唇にキスをしないのは、これが最後の警告だと示しているからだ。

「わ……私は……」

続く言葉が見つからず、気持ちも定まらず、シルフィーナは行動に移すことができない。

「君が拒否しないなら、僕は遠慮しませんよ」

言葉と共に柔《やわ》らかな感触が唇に触れる。その感触を味わうようにゆっくりと、何度も何度も唇を啄《ついば》まれる。それはシルフィーナがもどかしさを覚えるほどだ。時折ちゅ、と水音を響かせながら、お互いの唇が潤《うるお》っていく。じんわりとした心地よさが唇から体に染み込むようだ。

まだ唇が触れ合うだけのキスなのに、なんとも心地よくてシルフィーナはそっと瞼《まぶた》を閉じた。

淡く開かれた彼女の咥内《こうない》にジェラールの舌がするりと入ってくる。熱い吐息と舌の感触に胸がどくんと跳ね、この熱に溶かされたいと思ってしまう。

肩や背中を撫《な》でる手のやさしさに安堵感《あんどかん》が増し、シルフィーナは胸がキュンとした。ゆっくりとやさしく絡められる舌も、もどかしくて心地よくて、もっとしてほしくなる。

「んんぅ……はぁ……」

つい甘えたような声が喉から漏れた。じわじわと増していく快感に、シルフィーナは堪《たま》らずジェラールの服をきゅっと掴《つか》んだ。それがわかると彼は満足げに目を細め、そっと口を離した。そしてそのまま、彼女の頬を唇で撫《な》でるように口づけて、そっと耳朶《みみたぶ》を食《は》む。耳のうしろからうなじのほうへキスを落とされると、シルフィーナはジェラールにしがみついた。

やさしく肌に触れてくる唇が、心地よくて堪《たま》らない。気づけばいつの間にか胸元が大きくはだけられ、胸の上半分辺りまでが露《あら》わになっていた。肩から鎖骨にかけて幾度《いくど》となく丁寧に口づけられ、胸元の肌を軽く吸われる。シルフィーナの体はうっすらと熱を帯《お》びていく。お腹の下のほうから熱い疼《うず》きがじわじわと込み上げてきて軽く身を捩《よじ》る。

「続き、してほしいですか？」

一旦顔を離し、ジェラールはシルフィーナの頬を撫《な》でながら問いかける。すると彼女は熱く潤《うる》んだ瞳で見つめ返し、こくりと頷く。

「そうですねぇ、僕のことをちゃんと好きだと認めたら、してあげてもいいですよ」

「……っ」

思いがけぬ条件に、シルフィーナは動揺する。その様子にふっと笑みを浮かべたジェラールは、乱れた服を整えてくれた。

「今日のところはここまでですね。まあ、気持ちの整理がついたら、いつでも告白してきてください」

いつものようにのほほんとした笑顔になったジェラールは、シルフィーナの頭をぽんぽんと撫《な》でてその場を立ち去る。うしろのほうでパタンと扉が閉まる音がして、シルフィーナは一人執務室に残された。

「……」

（なんだか少し寂しい……。どうしてこんな気持ちになるんだろう。団長はただ部屋を出ていっただけなのに）

すっきりしない気持ちを吐き出すように呼吸を繰り返してから、シルフィーナも部屋を出た。

4　ニイス湖畔《こはん》

シルフィーナが騎士団長補佐に任命された二週間後。

彼女は一人、ニイス湖畔《こはん》の外れにある小屋を訪れていた。

蓮《はす》の名所であるニイス湖畔《こはん》は、城から徒歩十五分程度の場所にある。湖にはあちこちに橋がかけられ、湖畔《こはん》内を自由に散策できるようになっている。件《くだん》の小屋は、その湖畔《こはん》から少し歩いた場所に建っている。

「あそこか」

シルフィーナは小屋のほうへ歩みを進める。一応周りを警戒して歩くが、今のところ人影は見えない。小屋の前まで来ると、入り口の扉に張り紙がしてあり、中で待つようにと書かれている。

中に誰もいないのを確認すると、シルフィーナはドアノブに手をかける。鍵はかかっておらず、あっさりと開いた。そのまま木製の小屋の中へ入る。


なぜ彼女がここを訪れることになったのか、その経緯はこうだ。

昨日の晩、たまには外で夕食をとろうと行きつけの店——野うさぎ亭で注文を済ませ、料理が運ばれてくるのを待っていた。

しかし、人目につかない席で静かに食事をしたいと思っていたのに、突然現れたジェラールにより、その予定は変更を余儀なくされてしまった。

『こんばんは、シルフィーナさん。相席よろしいですか？』

『……どうぞ』

突然のことに少し驚いて、一呼吸遅れてシルフィーナは返事をした。

（まさかここで団長と出くわすとは。でもまあ、これだけ人がいるところではキスとか

してこないだろうし）

『シルフィーナさんは、なにを頼んだんですか？』

『パスタです』

『ああ、パスタいいですねぇ。では僕もそれにします。おねーさーん！　モルチーニのクリームパスタ大盛りでお願いしまーす！』

片手を高々と上げ、注文するジェラール。すぐに給仕の娘がやってきて注文を聞き、厨房《ちゅうぼう》へ戻っていく。

『なぜ私と同じメニューを頼むんですか。クリーム系なら他にも定番のカルボニャーラとかあるじゃないですか』

『おや、同じでしたか。気が合いますねぇ。僕はモルチーニ茸《だけ》のぷりぷりした食感が大好きなんですよ』

ジェラールは嬉しそうに笑みを浮かべ、頬杖《ほおづえ》をついてシルフィーナを見つめる。

『……っ。それよりも、なぜまだ団長は制服のままなんです？』

好意を隠すことなく見つめてくるジェラールの視線が面映《おもは》ゆくて、仕事に関する話題を口にする。

『それがですねぇ、僕が上機嫌で帰宅している途中に知らせが入りましてね。城下を不審な人物がうろついていると。それで少し巡回してたら腹の虫が鳴ったので、他の巡回担当の騎士にバトンタッチしてここへ来た次第でして』

首都の外れで厄介《やっかい》な事件が起き、その事後処理に白獅子騎士団の大半が出払い、人手が足りず、たまたま近くにいたジェラールに声がかかったのだ。

『不審者ですか。なにも起きないといいのですが』

『ですねぇ、僕の仕事が増えますからねぇ』

そこへ給仕の娘がシルフィーナの頼んだパスタを持ってきた。

『おまたせしました。ごゆっくりどうぞ』

目の前に置かれたモルチーニのパスタは湯気が立ち、とても美味《おい》しそうだ。

『ああ、食欲をそそられる香りですねぇ……ひと口ください』

『団長もさっき自分の分を頼んだじゃないですか』

『実は物凄くお腹が空いてるんです。もうお腹が空き過ぎて胃が捩《よじ》れると言いますか』

タイミングを見計らったように、ジェラールのお腹が鳴る。あまりにもぎゅるぎゅると鳴るので、シルフィーナは溜息を吐き、ひと口分をフォークに巻きつけ彼の口元に運ぶ。

『不本意ですが、どうぞ』

呆《あき》れながら差し出したパスタを、ジェラールは天の恵みと言わんばかりの喜びようで貪《むさぼ》る。もぐもぐと噛んで呑み込んだ。

『ありがとうございます。これで今後も生きていけそうです。なんだかんだと言いながら、君のやさしいところが大好きですよ』

『ぐふっ』

シルフィーナは自分が食べていたパスタを喉に詰まらせてしまう。

『はい、お水ですよ』

食道の辺りをトントンと叩きながら、ジェラールから受け取った水を飲む。すると、あっさり詰まりは解消された。

『ふふ、やっぱり君は可愛いですねぇ。この程度で動揺するとは』

(く、くそぉ。なにしに来たんだ、こいつは！　単に私をからかいに来たのか？　もう二度とパスタは分けてやらん)

『食事中に変なこと言わないでください』

『おや、僕はなにかおかしなことを言いましたかねぇ？』

そう言って、にこにこと楽しそうにシルフィーナを見つめる。そこへジェラールの分のパスタが運ばれてきた。彼は瞳を輝かせ、幸せそうにモルチーニのパスタを食べ始める。よほど腹が減っていたのか、皿の上のパスタは面白いくらいの速さで彼の胃袋へ消えていく。

『団長、食べるの速いですね……』

シルフィーナのパスタはまだ三分の一ほど残っているのに、あとからきて大盛りを頼んだジェラールのほうの皿はもうすぐ空《から》になりそうだ。

『いやぁ、腹ペコで死にそうでしたからねぇ。ごちそうさまでした』

胸の前で手を合わせ、ジェラールは食事を終えた。それから両肘《りょうひじ》をテーブルにつき、組んだ手の上に顎《あご》を乗せてシルフィーナが食べる様子を観察し始めた。

最初の数分は気に留めなかったシルフィーナだったが、真正面から向けられる視線が気になってしょうがない。

『あの、あまり見られると食べにくいのですが……というか、どうぞお先にお帰りください。それはもう迅速に』

『いえいえ、僕のことはお構いなく。空気とでも思ってくだされば』

（うう、なぜさっさと立ち去らないんだ……気まずいし食べにくいだろうが）

にこやかに見つめられ、シルフィーナは早く解放されたくて慌ててパスタを食べる。

本当ならじっくり味わって食べたかったが、この団長を目の前にしては味もよくわからない。

『ふう、ごちそうさまでした』

胸の前で手を合わせ食事を終える。すると、前からにゅっとジェラールの右手が伸びてくる。

『なに……』

続きを言う前に、口の端についていたモルチーニの欠片《かけら》をジェラールの指が捉《とら》え、そのままパクリと食べてしまった。

『口の端についてましたよ』

『……っ、言ってくれれば自分でっ』

なに食わぬ顔で言われ、シルフィーナは真っ赤になる。

(誰が見てるかもわからない場所で、なんてことをしてくれるんだ、こいつは！　こっ、こんなことをしていいのは夫婦とか家族とか恋人だけなんだぞっ。……周りに人が少ない席に座っててよかった)

『初々《ういうい》しい反応ですねぇ。可愛いですねぇ。癒《いや》されます』

『は？』

(ほんとこの団長は、私には理解不能だ)

『ああ、このままお持ち帰りできたらいいのに』

『お持ち帰り？　そんなに美味《おい》しかったのなら、もう一度注文してみては』

『いえ、パスタのことではありません。僕が持ち帰りたいのは君ですよ』

『な……絶対に嫌です！』

『そんな嫌がらずとも、今日はしませんよ。性欲はそこそこ漲《みなぎ》ってはいますが』

『なっ、なにを言っているんだ。もう、その口を閉じろっ』

（こんな大衆食堂で、なんてことを言うんだ、こいつは！　は、は、恥《はじ》を知れっ。もう嫌だ。こんなのがうちの騎士団長だなんて、私は認めたくない）

ジェラールをきつく睨《にら》みつけるが、その目元は熱くなり、シルフィーナがいたたまれないのは明らかだ。

『ふふ、すみませんねぇ。君といると楽しくて、口がゆるくなってしまうようです』

ジェラールは、どうしても口角が上がるのを抑えきれないといった様子で、にこにことして上機嫌だ。

『……』

一方、シルフィーナは不満だった。キスこそされていないが、やはり恥《は》ずかしい目にあわされたからだ。

食事は済み、もうここにいる必要もない。ならさっさと部屋に戻るのが賢明だ。

シルフィーナは支払いを済ませようと、伝票を手に取り立ち上がる。すると、上からひょいとジェラールがそれを抜き取った。

『ここは僕が持ちますので、もう少し付き合ってください』

『え、あの……』

呼び止める間もなくジェラールは精算に向かった。仕方がないので、ぼんやりと支払いの様子を眺めていると、給仕の娘がやってきてシルフィーナに紙切れを渡してきた。

『これをシルフィーナさんに渡すようにと言われまして』

『なぜ私に……これを持ってきた方は？』

『道の前を歩いていたら、見知らぬ男の人に渡すように頼まれてしまって……』

『そうか、わかった。ありがとう』

幾重《いくえ》にも折りたたまれた紙を開く。あと一度開けば文面が見えるというところで、ジェラールがこちらに戻ってくるのがわかり、反射的に紙切れをポケットにしまう。

『おまたせしました。じゃ、行きましょうか』

『はい、奢《おご》っていただき、ありがとうございます』

そうしてシルフィーナとジェラールは野うさぎ亭をあとにした。

――というわけで、このときにもらったメモに導《みちび》かれ、ここに来た。

今日の夕方、ニイス湖畔《こはん》の小屋まで来いと書いてあったのだ。

今日も仕事の終わりにジェラールから食事に誘われたが、先約があると、このメモを置いて飛び出してきたわけだ。

差出人もわからない、見るからに怪しいメモだったが、だからこそシルフィーナはこの誘いに乗ることにした。野うさぎ亭でジェラールが、最近この辺りを不審人物がうろついていると言っていたことを思い出し、犯人探しの手がかりを得られるのではと考えたのだった。

「ん？」

小屋の中は濃厚な香りで満たされていた。

（なんの匂いだ、これは）

掃除用具程度しか置かれていない小屋の中を、なんとなく歩き回りつつ手で鼻を覆《おお》う。

しかし、シルフィーナはいきなり体のバランスを崩し、その場にへたり込む。

「う……」

（体が、痺《しび》れて動けない。――これは、もしかして罠、か？　だが、なんのために私を？）

わけがわからず考え続けていると、五分くらい経過したところで、二人組の男たちが小屋に現れた。

「へえ、奴の娘だというからどんなかと思えば、えらい別嬪《べっぴん》じゃねえか」

そう言った男は中年で、右手の手首から先が義手だ。見るからに小悪党といった風貌《ふうぼう》で、麻の上着に傷《いた》んだズボン、革のブーツを履いている。もう一人の男も同じような服装で、頭にバンダナを巻きつけている。

「父に恨《うら》みでもあるのか？　な、何者だ……私をどうするつもりだ」

「ほう、この状況でずいぶん落ち着いたもんだなぁ。さすが騎士様は違うぜ。なあに、大人しくしてりゃあ、すぐに終わるさ。今からこの小屋に火をかける。そしてあんたは焼死体で発見され、親父さんは号泣すると、そんな筋書きだ」

「なんと愚劣《ぐれつ》な……！」

今すぐ殴り飛ばしてやりたい。しかし体が強い痺《しび》れに支配されていて、うまく四肢を動かせない。

「あんたが小屋に入ったときに吸ったのは即効性の痺《しび》れ薬でな。俺たちが小屋に入る頃には薄まってなくなってたってわけだ。恨《うら》むなら、あんたの親父を恨《うら》むんだな」

「父は立派な剣士だ。恨《うら》む筋合いも恨《うら》まれる筋合いもない！」

シルフィーナの瞳が、怒りにぎらぎらと燃える。一瞬彼女の気迫に呑まれ、二人組の男は身を硬くした。

「それがあるんだよ。あいつは俺の右手を斬り落としやがった。今もなくなった指が痛くて堪《たま》らねぇ。……俺はずっと報復の機会を窺《うかが》っていたのさ。奴がもっとも悲しむ方法で恨《うら》みを晴らしてやるってな」

男は義手を撫《な》でながら言った。

「父は罪のない者に手を上げるような人間ではない。なにかあなたが罪を犯したから罰したのだろう。違うか？」

「……冥土《めいど》の土産《みやげ》に教えてやるよ。俺は昔、賞金首になってた。色んなところから金目のものを盗《と》りまくってたのさ。だがある日、ちょいとドジ踏んじまった。あんたの親父に完膚《かんぷ》なきまでにやられ、最近まで投獄されてたってわけだ」

「なんだと……では、あなたは脱獄犯……」

シルフィーナの言葉に男は頷く。

「俺は隣の国から脱獄してここへ逃げてきた。そして奴がこの国にいることを知り、あんたをここに誘《おび》き出したのさ。まさかこうも簡単に引っかかるとは思わなかったぜ」

軽い気持ちでわざと誘いに乗ってやったら、とんだ大物を引き当ててしまった。今が自分の腕の見せ所かもしれない。とはいえ――

「……っ」

(どうする? 手足がろくに動かない状況で、どうやって切り抜ける?)

そのときシルフィーナの顎《あご》が無骨《ぶこつ》な手にぐい、と持ち上げられる。

「ホストルの旦那、小屋を燃やす前に、この娘の体を味わってもいいですかい?」

「フン、構わん。好きにしろ……俺は先に火油を撒《ま》く」

ホストルと呼ばれた義手の男は立ち上がると、小屋内に準備していた火油の入った樽《たる》を開け、小屋の壁に撒《ま》き始めた。火油は特に物をよく燃やしたいときに使われる油だ。

そして、もう一人のバンダナを巻いた男は歪んだ笑みを浮かべ、シルフィーナを上から下まで舐《な》め回すように見つめる。その目は陵辱《りょうじょく》の喜びに満ちている。

このときシルフィーナは、初めて他人の視線を気持ち悪いと思った。怖いというよりは吐き気がすると言ったほうが近い。

「さあ、せいぜい楽しませてくれよ、お嬢ちゃん」

男は蛇《へび》のような目で見つめながらシルフィーナを床に押し倒す。彼女の騎士服の胸元を掴《つか》むと強引に上着を引きちぎる。ボタンが勢いよく弾《はじ》け飛んだ。

「やめろッ!」

「やめるかよ、これからお楽しみの時間だぜ」

ニヤニヤと気色悪い笑みを浮かべたバンダナの男は、シルフィーナのブラウスも強引に引きちぎる。あっという間に上半身は肌着だけにされてしまった。そしてそのまま胸を鷲掴《わしづか》みにされる。さらに、まるでナメクジが這《は》うように舐《な》められ、気持ち悪さを覚える。興奮した獣のような荒い息と、乱暴に肌を撫《な》で回す手が酷く気持ち悪い。触れた場所から自分が腐っていくような感覚に囚《とら》われる。

汚《けが》れる、汚《けが》されてしまう。そう思うと、もう限界だった。

「や、めろっ、汚《けが》らわしい手で私に触れるなッ！」

どこにそんな力があったのか、その瞬間シルフィーナの右足がバンダナの男を思い切り蹴り飛ばした。

(気持ち悪い！　気持ち悪い！　吐き気がする！)

同じ男なのにジェラールとは全然違う。あまりにもおぞましくて鳥肌が立った。髪の一本にさえ触れられたくない。

彼女は痺《しび》れる手で腰に差した剣を抜く。その紫の瞳は怒りに燃え、今にも敵を食い殺さんばかりだ。

「このアマァ！」

怒りに任せて突っ込んでくる男の右肩を、シルフィーナの剣が貫く。

「ぎゃあぁあぁ！　痛《いて》えっ、痛《いて》えよおっ！」

男はふたたび床に転がり、のたうち回る。

(立っているのがやっとだが、なんとか剣は扱えそうだ。次はあのホストルとかいう奴に一矢《いっし》報いなくては)

「なにやってんだ、この間抜け。もう火油も撒《ま》き終わったし、ずらかるぞ！」

ホストルは火をつけた藁《わら》をその辺に投げ、小屋の入り口へ駆けていく。

「ひいぃ、待ってくだせぇ！」

それを見たバンダナの男も、焼死はごめんだと慌てて小屋の外に出た。そしてご丁寧にも、扉に鍵をかけていった。

一人残された小屋は、あっという間に屋根まで炎に包まれる。

「あ……っ」

(しまった、先に火をどうにかするべきだった……私は、炎の前だと動けなくなる。こわい……嫌だ、炎は、怖い――!!)

痺《しび》れ薬など使われずとも、彼女にとって炎はそれにも勝《まさ》る脅威だ。今すぐ逃げなくてはならないのに、恐怖に囚《とら》われたシルフィーナはがたがたと震え、その場から動けない。

（私は……このまま死んでしまうのか？　お父さん……お母さん……団長。……こんなことなら全部団長に捧《ささ》げればよかった。私のことをあんなに好きだと言ってくれていたのに……それに、私も……）

シルフィーナがそう思う間にも、火の勢いはどんどん強くなっていき、服の一部や髪がちりちりと焦《こ》げる匂いがする。

轟々《ごうごう》と燃え上がる炎の勢いは止《とど》まることを知らず、シルフィーナに過去の事件を嫌でも思い出させる。燃え盛る炎の勢いに怯え翻弄《ほんろう》された、十年前の忌《い》まわしい出来事だ。

（――炎が私を呑み込もうとしている）

この身を差し出し、さらに強く燃え上がるための燃料になれと急《せ》き立てる。

（嫌だ、怖い……私はまだ死にたくない！　逃げなければ死ぬだけなのに、どうしても体が動いてくれない……ッ！）

「ちく、しょう……うぅ……」

己の情けなさと動かない体と絶望的な状況に、シルフィーナの瞳からぽろぽろと涙が零れ落ちる。

せっかく騎士になったのに、危険度Aの任務に一度も赴《おもむ》けず、こんなところで死んでしまうのかと、心が絶望に塗り潰される。お前のような未熟な女騎士になにができるのかと、運命に嘲笑《あざわら》われている気持ちになり、心に鉛《なまり》を縛りつけられたように沈んでいく。

(私はこんなところで……大したことも成し得ず、無様《ぶざま》に焼け死んでしまうのか——!?

いやだ……こんなのは、いや、だ……——まだ死にたくない!!)

そのときだった。小屋の扉が勢いよく吹っ飛び、ずぶ濡れのジェラールが現れた。

「シルフィーナさん、気をしっかり持って!」

「……だん、ちょう……」

即座には信じられなかった。

(どうして目の前に団長がいるんだろう?)

怖くて怖くて堪《たま》らないのは消えないが、ジェラールの姿が目に入っただけで、なんとも言えない安心感が心の中に生まれた。

「大丈夫、君は僕が助けます」

シルフィーナを落ち着かせるように言いながら、ジェラールが彼女の手を取った瞬間、それは起きた。十年前の火事のときのように、燃え盛った炎で天井が崩れ落ちてきたのだ。

「あ——」

自分の死が確実に見えた気がして、シルフィーナは目を大きく見開く。

「大丈夫です!」

シルフィーナを背に庇《かば》い、力強く言い切った彼の頭上で数回、剣光が閃《ひらめ》いた。

それはもう、見惚《みと》れてしまうほど鮮やかで美しい動きだった。

子供の頃はなにが起きたのかわからなかったが、今ならそれがよくわかる。目にも留まらぬほどの高速で何度も剣を繰り出し、圧倒的な剣圧とでもいうべきもので障害物を斬り刻んでいたのだ。

天井は瞬時にバラバラになり、二人を避けるように床に落ちていく。

そのときシルフィーナの中で十年前の火事と、今このときの情景がぴったりと重なった。

「さあ、行きますよっ」

ジェラールの力強い手に引き寄せられたかと思うと、横抱きにされ、そのまま彼は全速力で外へ向かって走る。炎をものともせず、強引に外に飛び出す。さらにそこから数メートル先まで走ったところでジェラールは足を止め、激しく燃え盛る小屋を振り返る。

小屋は轟々《ごうごう》と燃え上がり――数分もしないうちに倒壊した。その反動で、熱風が二人のところまで流れてきた。

「いやぁ、危なかったですねぇ。怪我はありませんか？」

そっと地面に下ろされたシルフィーナに、ジェラールの濡れた上着がかけられる。

「濡れてますが、そこは我慢してください」

そしてふたたびシルフィーナを横抱きにしたジェラールは、自分の屋敷へ行くと言って歩き始める。シルフィーナはジェラールの首に両腕を巻きつけ、ぎゅっとしがみつく。

「団長……私、あいつらに痺《しび》れ薬を嗅《か》がされて、それで…………うぅ……っ」

「そうですね、怖かったですね。でも、もう大丈夫ですよ」

ジェラールの大きな手で背中にぽんぽんと触れられると、気が抜けたシルフィーナの表情が一気に崩れた。自分のトラウマに対峙《たいじ》し、命の危機に晒《さら》されたのだ。泣くのも無理はない。

シルフィーナはジェラールにしがみついて泣きながら、触れ合う肌から伝わる温もりに心底安心していた。

（小屋で強引に触ってきたバンダナの男には嫌悪感しか湧かなかったのに、団長だと、こんなに安心できるんだ……。団長は、暖かな陽だまりみたいだな……）

やがてジェラールの屋敷に着いた。彼は騎士団の寄宿舎にも部屋を持っているが、別にちゃんと帰る家もあった。たまたまニイス湖畔《こはん》の近くにあったので、寄宿舎より近い屋敷に来たのだ。

「ただいま。誰かお湯を沸かしてくれないかな。風呂に入りたいんですが」

「まあ、旦那様！　そんなずぶ濡れでどうしたんですか！」

小太りの侍女とその他数名が出てきて、全身びしょ濡れの屋敷の主《あるじ》と抱きかかえられた煤《すす》まみれのシルフィーナを見て驚きの声を上げる。

「ええ、ちょっと湖に飛び込みましてねぇ。あははははは」

小屋が燃える事件があったとは思えない呑気《のんき》な笑い声が、周囲の者を和《なご》ませる。

「わかりました。お風呂はちょうど沸いてます。そちらのお嬢様は着替えが必要なようですね。揃えておきます」

「ありがとう、助かります。僕たちのお風呂が済む頃に、僕の部屋に二人分のココアを持ってきてもらえますか」

「はい、承知しました。旦那様」

笑顔で答えた小太りの侍女とその他数名は、屋敷の奥へ消えていった。余計なことを聞かないのは、この屋敷の主《あるじ》の教育の賜物《たまもの》という感じがして、シルフィーナは好ましく思った。

「シルフィーナさん、君も僕もこんなありさまです。まずは風呂に入って綺麗《きれい》になりましょう」

シルフィーナは横抱きにされたまま、ジェラールと共に風呂へ向かう。この屋敷にはきちんと男風呂と女風呂があるそうだ。他にはジェラールの自室にもあるらしい。

風呂の前まで来ると、ジェラールはシルフィーナをそっと下ろす。

「女風呂は左側です。ゆっくり浸《つ》かってリラックスしてきてください」

「はい。ありがとう、ございます」

ぺこりと頭を下げたシルフィーナは、女風呂に入った。それを確認したジェラールもやれやれといった様子で男風呂に入っていく。

（痺《しび》れはまだ取れないけど、なんとか体を動かせるくらいには回復してきてるのかな）

乱暴に引き裂かれた騎士服をゆるゆると脱ぎながら、シルフィーナは思った。脱衣所に設置されている鏡には、あちこちが煤《すす》で黒くなっている自分が映っている。

（酷い格好だ……だけど、生きてる――）

一糸《いっし》まとわぬ姿になり、浴場のほうへ足を運ぶ。騎士団の大浴場より少し小さめの風呂場だ。数回かけ湯をしてから、石鹸《せっけん》を泡立て体を洗う。それからお湯で泡を流す。髪も同様に洗い終えると、シルフィーナはそっと湯に浸《つ》かる。

「……ほっとする」

熱すぎない温かなお湯は、疲れた体をやさしく包む綿《わた》のようだ。あちこちに柑橘《かんきつけい》系の果物がぷかりと浮いているのも、なんだか可愛らしくて心が和《なご》む。湯に浸《つ》かりながら頭に浮かぶのは、自分を助けにきたジェラールのことだ。

（あのとき、十年前に私を救った少年と団長の姿が重なって見えた……そしてこれは他人の空似《そらに》なんかじゃない。見間違えるはずがない。あんなふうに華麗で美しい剣捌《けんさば》きができるのは、紛れもなく同一人物だ。だって私はあの剣捌《けんさば》きと背中に、ひと目で恋に落ちたのだから）

——私は二度も団長に命を救われたんだ。

（陵辱《りょうじょく》されかけたことよりも、助けに来てくれた団長のことで頭がいっぱいだ……。どうしよう、なんだかドキドキしてきた。どんな顔して会えばいいんだろう……）

そうやって悶々《もんもん》と考えていたら、思いのほか長風呂になってしまった。シルフィーナが女風呂を出る頃には、ジェラールはとっくに風呂から出ていた。居間で顔を合わせた彼は、質素な夜着の上に薄い上着を羽織っている。シルフィーナは用意されていたネグリジェを身に着けていた。

「やっと出てきましたねぇ。のぼせて倒れてるんじゃないかと、少し心配しましたよ。歩けますか？」

ジェラールにふわりと微笑みかけられて、シルフィーナは心臓がどくんと跳ねた。差し出された手を握り返すと、少し冷たい彼の手のひらが火照《ほて》った体に心地よくて思わず溜息が出る。

「はい、歩けます。お待たせしてすみません」

「いえ。あんな大変な目にあったんです。今日はゆっくりお休みなさい。部屋まで案内しますよ」

「はい」

いつも通りの、のほほんとした声が心地よく聞こえる。自分の少し前を行くジェラールの背中がとても頼もしく見えて、抱きつきたいとシルフィーナは思ってしまう。

案内された部屋は客人用の一室で、テーブルの上には花が飾ってある。騎士団の寄宿舎の部屋より数段上質で広い。

「この部屋のものは自由に使ってください。それでは僕はこの辺で失礼しますね」

ジェラールは部屋には入ろうとせず、扉の外でそう言った。それで思わずシルフィーナは、彼の服の裾《すそ》を掴《つか》んでしまった。

「もう、行ってしまうんですか？」

「無残に引き裂かれた君の騎士服を見ていますからね……男性の僕が傍にいては落ち着かないでしょう」

少し寂しそうにジェラールは笑みを浮かべる。

「そんなこと、ないです……団長は、あんな男とは違いますから」

「ならよかった。ですが、君は今、薬の影響で体がまともに動かないんです。そんなときに僕が傍にいたら、襲われても抵抗できず不安でしょう」

「あっ……」

やっとそのことに気づいたかと、ジェラールはくすりと笑う。

「一緒にココアだけでも味わいたかったんですけどねぇ。また明日にしましょう。どうぞよい夢を」

「は、はい。おやすみなさい」

パタン、とジェラールに扉を閉められた。もう少し彼と話をしたかったが、今日はもう早めに寝よう。髪を丁寧にタオルで拭いて、ある程度乾いたと思ったところで、ベッドに潜《もぐ》り込んだ。

それから大した時間もたたないうちに、彼女は眠りに落ちた。

しかし、事件は翌日にまた起きてしまう。


翌朝目覚めると、どうも体が熱っぽかった。しかし昨日の事件のせいだろうとシルフィーナは気にするのをやめた。

ベッドの中でぼーっとしていると、扉をノックされる音がする。

「シルフィーナさん、起きてますか？」

扉越しに聞こえた声はジェラールのものだ。シルフィーナはベッドの上で上半身を起こし返事をする。

「はい、起きてます。どうぞお入りください」

その一言でジェラールが姿を現した。手には朝食を載せたトレイを持っている。

「おはようございます。お腹が空いてるんじゃないかと思いましてね。なにしろ昨日は夕食を食べてませんから」

言いながら彼はベッドサイドまでそれを運ぶと、サイドテーブルにトレイを下ろす。

「なにからなにまで、すみません……」

「部下の面倒を見るのも団長の務めですからねぇ。君が元気そうでよかったです。とりあえず、ココアでもいかがです？」

「はい、いただきます」

そう答えたところ、ジェラールからそっとココアの入ったカップを手渡される。ひと口飲むと甘い香りと共に、胃の中が温まってほっとする。

「……あの、昨日は助けていただきありがとうございました」

「ふふ、どういたしまして」

「ですが、なぜあそこに団長がいたんですか？　まさか私のあとを追ってきたんですか？」

「ええ、まあ。あんな怪しいメモを見たら、放っておけませんから。一応遠慮して遠巻きに見守ってましたよ。ですが、小屋から男が二人出てきた直後に煙が立ち上《のぼ》るのが見えましてね。慌てて駆けつけたというわけです」

「そうだったんですね……」

（もし団長が駆けつけてくれなかったら、私は今ここにいなかった）

「僕もうかつでした。あの男たちが出てきた時点で捕まえておけばよかったのですが。予想以上に火の回りが早かったので……まあ、なにがなんでも捕まえてみせますがね。きっと城の近くをうろついていた不審者というのは彼らのことでしょう」

穏やかなジェラールの声に、強い決意がにじみ出る。

「義手の男はホストルと呼ばれていました。盗みを繰り返していたようです。もう一人のほうはわかりません。ですが、肩に傷を負わせたのでそれが目印になるかと。彼は隣の国から脱獄してきたと言っていました。私を襲った動機は……父に対する報復です」

シルフィーナは自分が覚えている限りのことをジェラールに伝えた。

「そうですか。捜索隊にその情報も伝えておきましょう」

ジェラールはその場でメモを取ると侍女を呼び、それを騎士団に届けるように言った。

「正しいことを成《な》して逆恨《さかうら》みされるのは嫌ですねぇ。確か君の父君は、数年前に剣術指南役を辞めて城下に居《きょ》を構え、静かに暮らしているそうですね」

「はい。よくご存知ですね」

「城内で君の父君の名を知らぬものはいませんよ。彼が剣術指南役を辞めると言ったときの騎士団の動揺はすごかったです。まさかその数年後に、その娘が入団してくるとは思いませんでしたが」

ジェラールは当時を懐かしむような笑みを浮かべる。

「『どうだ驚いたか？』とだけ記した手紙をよこすなんて、あの人らしい……」

「え？」

団長と父は面識があるのだろうか。どちらからも、そんな話は一度も聞いたことがない。少し疑問に思ったものの、今はもっと気になることがある。シルフィーナは意を決して、ふたたび口を開く。

「あの、団長……一つ聞きたいことが」

シルフィーナは飲み終わったカップをサイドテーブルに置く。

「はい、なんでしょう」

「あの、ですね……あの……――」

（知りたい……だけど知るのが怖い）

話を切り出そうとするも、中々続く言葉が出てこずシルフィーナは黙り込んでしまう。

だが、聞くなら今しかない。

――昨日の火事のときから、ずっと気になって知りたくて堪《たま》らなかったこと。

「十年前……あのとき私を助けてくれたのは……団長ですか？」

「さあ、どうでしょうね」

ジェラールはいつも通り、のほほんとした笑みを浮かべている。

「昨日みたいに、炎の中に飛び込んできて私を助けてくれたのは、団長じゃないんですか？」

期待を込めて聞いたシルフィーナだが、ジェラールはそうだと答えない。

「さあ、どうでしょうね。過去に似たような人助けは割とありますからねぇ。もしかしたらその中の一人が君かもしれませんが」

「……そう、ですか……」

（絶対に団長だと思ったのに……違うのだろうか。十年も前のことだし、団長が覚えて

いないだけかもしれない。……どうして私、こんなにがっかりしてるんだろう）

「期待に添えなかったようで、すみませんねぇ。そんなに僕であってほしかったのですか？」

「あってほしいとかではなく、私はそう感じたので……」

シルフィーナは力なく俯《うつむ》いて、もじもじと指をいじる。

「でもそれを認めると、君の初恋の相手が僕ということになってしまうんですが、それはいいんですか？」

「あ……！」

（言われてみればそうだ。炎の中から助けてくれた少年は、私の初恋相手で、騎士の道に進むきっかけになった人だ）

そう気づかされた瞬間、シルフィーナの顔は熱くなる。恥《は》ずかしくて堪《たま》らない。胸が早鐘《はやがね》を打ち始め、顔を上げることができなくなってしまった。

（どうしよう、なんだか体が火照《ほて》って仕方ない。頭から水を被りたい）

そんなシルフィーナをやさしく見守っていたジェラールだが、席を立ち、櫛《くし》を持って戻ってきた。

「髪がぼさぼさですね。整えてあげましょう」

「へ？　いえ、それくらい自分でしますっ」

「遠慮はいりません。さ、頭を上げてください」

「……はい」

ジェラールは彼女の背中側に腰かけ、その長い黒髪を櫛《くし》で梳《と》かし始める。髪を一房《ひとふさ》手に取ると、毛先のほうから丁寧に櫛《くし》を通す。

何度も繰り返されているうちに、シルフィーナは徐々に気持ちが落ち着いてきて、体から余計な力が抜けていく。

「またぼさぼさにならないように、三つ編みにしておきますね」

「はい、ありがとうございます」

二人を取り巻く空気はすっかり穏やかなものに変化していた。髪を編まれる感触も心が和《なご》み、しばしシルフィーナはうっとりと目を閉じていた。

「はい、編み終わりましたよ。長いと三つ編みのしがいがありますねぇ」

「団長、ドジなくせに手先は器用なんですね」

「まあ、そこそこ器用だとは思いますよ」

と、自分の手に視線を落としたあと、それとなくシルフィーナの手に視線が移る。すると彼はある一つのことに気づく。

「シルフィーナさん、マニキュアつけてるんですか？」

「いえ、つけていませんが」

「でも君の爪、青いですよ？」

「え……」

自分の爪にさっと目をやったシルフィーナの視界に、青が飛び込んでくる。左右両手の爪がすべて青く染まっていた。

「そんな、どうして……小屋で嗅《か》いだ痺《しび》れ薬のせい、なのか？」

「よく見せてください」

そう言ってジェラールが彼女の手を取る。

そういえば、いつもより手が熱い気がする。

「……僕の気のせいでしょうか、手が熱い。熱でもありますか？」

「いえ、そんなことはないと思いますが……」

「そうですか。ちょっと失礼……風邪ではないようですね」

どうにも納得がいかない様子のジェラールは、シルフィーナの額《ひたい》に手のひらを当て、熱を測る。そして、「確かに熱はないようですね」と、納得したようだった。

「痺《しび》れ薬……青い爪……」

ぼそりと呟いたジェラールは、しばし沈黙する。

「あの、団長?」

いきなり黙り込んだジェラールを不思議に思い、シルフィーナは彼を呼んだ。

「シルフィーナさん、よく聞いてください」

ジェラールは落ち着いた声で話し始めた。

「君があの小屋で嗅《か》いだ痺《しび》れ薬と思っているものは、それだけではない可能性があります」

「どういうことですか?」

ジェラールの言わんとすることがいまいち見えなくて、シルフィーナは疑問を返す。

「隣国の王家に伝わる、『青の秘薬』というものが存在します。その使用目的は、王族が確実に初夜を迎えることです。政略結婚で嫁いできた他国の姫の中には、心定まらず行為に及ぶことに抵抗を持っている場合もあるでしょう。そんなときに使われるのが青の秘薬です。これをひとたび服用すれば、まず全身が強い痺《しび》れに侵《おか》され、爪の色が青く染まり、次に時間差で催淫《さいいん》作用を引き起こします」

「は、い……?」

「つまり簡単に言うと、劣情を煽《あお》られ我慢できなくなるということですよ」

「れ、劣情？」

頭が追いつかないシルフィーナに、さらに噛み砕いてジェラールは説明する。

「性欲を抑えきれなくなるということです」

「えっ？　……えええええっ⁉」

（なっ、なっ、なんだそのいやらしい薬はっ！）

「さらに質《たち》の悪いことに、この青の秘薬によって引き起こされた性欲は、自分の中に精を放たれないと治まらないと聞いています」

「そそそ、それって、最後まで性行為をしないとだめってことですか⁉　他の方法はないんですか？」

「使われたものが青の秘薬であれば、それ以外の方法はありませんね。ただ、まだこの薬を使われたと確定したわけではありません。今日は仕事を休んで様子を見ましょう」

「……」

（ど、どうしよう……キスだって最近初めて経験したのに、性行為なんて……。それに精を放たれないと駄目って、なんだ……）

シルフィーナは呆然《ぼうぜん》とする。

「シルフィーナさん。確定はしていないと言いましたが、君を襲った男たちが隣国から来たことと盗みを働いていたことから考えるに、ほぼ間違いないと思います。彼らは多分、脱獄してどこかから秘薬を盗み出してきたんでしょう」

「……っ」

シルフィーナに動揺が走る。秘薬によって純潔を失うかもしれないなんて。

「念のため覚悟しておいてください。様子を見て、君がそういった状態になっていたら、僕が君を抱きます。不本意かもしれませんが、どうか許してください」

そう語るジェラールは真剣そのもので、いつもの呑気《のんき》な気配は綺麗《きれい》に消えていた。

「団長……」

自分のことを思いやって言ってくれているのが伝わってきて、こんな状況であるのにシルフィーナは少しほっとしてしまう。

「一時間後にまた来ます。それまでに心の準備をしておいてください」

ジェラールは立ち上がるとシルフィーナの頭をそっと撫《な》で、そのまま部屋を出ていく。

シルフィーナは呆然《ぼうぜん》とそのうしろ姿を見送ることしかできなかった。

第三章　認めたくないのに

1　本心を明かすまでおあずけです

「……大変なことになってしまった」

（なんてことをしてくれたんだ、あの二人組……！　せめて普通の痺《しび》れ薬を使ってくれればよかったのにっ）

――一時間後にまた来ます。それまでに心の準備をしておいてください。

先ほどのジェラールの言葉が脳裏によみがえり、シルフィーナは顔が熱くなる。

（こっ心の準備って……それって、団長と私が裸で愛し合う気持ちの整理をつけろ……ってことだよな。恥《は》ずかしい……恥《は》ずかしすぎて死んでしまいそうだ。ただでさえ団長に触れられると抵抗できないというのに。抱かれたら、どうなってしまうんだろう……）

以前、騎士団の大浴場の脱衣所で触れられたことを思い出す。ジェラールにキスをされ秘所に顔を埋《うず》められても、自分はなに一つ抵抗できなかった。そしてあの悪漢《あっかん》に陵《りょう》辱《じょく》されかけたことで、自分がジェラールに対して本気で抵抗していなかったことが改めてわかった。本当に嫌な相手だと、体が痺《しび》れていても蹴りを叩き込むことができたからだ。

(どうして……いつから私は団長のことを……。違う……そんなはずない……好きなんかじゃ、ない……)

そう思う間にも、脈がどくどくと大きく波打つ。ジェラールのことを思うだけで胸がざわついて落ち着かない。シルフィーナは気分転換に外の空気を吸おうと、ベッドから出て窓際に立つ。そして窓を開けると、そよ風と共にサフラの香りが入ってきた。甘やかな香りだが鼻につくことはなく、気持ちが楽になる。

「いい香りだな……」

サフラの甘やかな香りを味わうように深呼吸すると、少しだけドキドキが収まった気がした。窓から外を見渡すと、屋敷の敷地内に点々とサフラの木が生えている。それを眺めながら、最近の出来事を思い出す。

キスを賭《か》けた剣の勝負でジェラールに負けて、キスされてから日常が変わってしまった。たった一人、ジェラールに関わっただけでだ。彼と関わる前は、日々訓練に励みつつ時折オードリックと語ったり、その姿を見かけてはときめく程度の日々だったのだ。

もちろん騎士としての任務もこなした上でだ。

だがジェラールと関わってしまったことで、日々心穏やかでいることは叶わなくなった。ジェラールが近くにいるときは常に気持ちがそわそわして、なにかされるのではと落ち着かないからだ。実際、彼と二人きりになれば、キスはされるし抱きしめられるし、それ以上のことまでされてしまった。

信じがたいのは、初めは本当に嫌だと思っていたのに、それが最近ではそこまで嫌ではなくなってきたことだ。そればかりか、触れられるのが気持ちいいとさえ感じるようになってきている。

（私もずいぶん情に絆《ほだ》され、流されたものだな……。さらに情けないことに私はそれが……）

「不快ではない……」

（いつの間にこんなに気を許してしまっていたのだろう。いつからあの呑気《のんき》な笑い声が、心地いいと感じるようになっていたんだろう）

ふう、と溜息をついたときだった。いきなり物凄い衝撃が体の内部から湧き上がってきたのは。

「あ……っ、はぁ……や、なんだ、これ……っ」

いきなり全身を強烈な快感が走り抜ける。そう、まるで先日脱衣所でジェラールに秘所を舐《な》められ、達してしまう寸前に味わったあの感覚だ。

「あぁ……く……」

お腹の奥がズクズクと激しく脈打ち、シルフィーナは立っていることができず、その場にへたり込む。服が肌に擦《こす》れる感触すら気持ちよく感じて、肌が粟立《あわだ》つ。

(ダメだ……体が疼《うず》いて、疼《うず》きすぎて動けない……どうしたらいいんだ。これが団長が言っていた催淫《さいいん》作用ってやつか。く、苦しいとか痛いとかはないが、ずっと絶頂の寸止めが続いてる感じだ)

そう思う間にも、シルフィーナの体は早く満たされたいと欲望に飢《う》えて、さらに強い疼《うず》きを訴える。吐き出す息はすでに熱く湿ったものに変化し、瞳は潤《うる》んでいた。

そこへ扉を叩く音がする。

「シルフィーナさん、入りますよ」

声の主はジェラールだ。ということは、あれから一時間が経っていたらしい。

「ど、どうぞ……」

シルフィーナがやっとの思いで答えると、扉が開きジェラールが姿を現す。

「そんなところにへたり込んで、どうしました？」

彼女がベッドにいるとばかり思っていたらしいジェラールは驚き、素早く駆け寄ってきた。そして瞬時に、そのわけを悟った。

「効果が出てしまったんですね……ベッドまで運びます」

「……っはぁ、団長……私……」

ジェラールがシルフィーナを横抱きにすると、それだけでも感じてしまう。

一瞬、ジェラールはなにかに耐えるように眉根を寄せたが、すぐにいつもの穏やかな顔に戻った。

「大丈夫ですよ。すぐ楽にしてあげますから、僕に身をゆだねていてください」

ベッドにそっと下ろされ、横たえられたシルフィーナは小さく頷いた。するとジェラールはなぜかわずかの間、遠い目をしてからプルプルと数度頭を振り、シルフィーナをじっと見つめた。

シルフィーナが彼の腕をそっと触ると、はっとするほど熱かった。まるで、彼も熱病に浮かされているみたいだ。

彼は唇から熱っぽい吐息を漏らし、それからシルフィーナの頭を撫《な》でながらこう告《つ》げる。

「では今から服を脱がせますね」

「……っ、はい……」

恥《は》ずかしいが今はジェラールの言う通りにするしかない。シルフィーナの紫の瞳が、熱く潤《うる》んで揺れる。

「心の準備はできたでしょうか……？」

その言葉は、ジェラール自身にも問いかけているように聞こえた。そして彼はシルフィーナのネグリジェの胸元のボタンを一つずつ外していく。

「わかりません……ぁ……はぁ……」

ボタンを外されるたびに淡い刺激が肌を伝い、消え入りそうな声を零す。必死で快感に耐えているにもかかわらず、体が勝手に小刻みに震える。

「キス、しましょうか」

ジェラールの言葉に、シルフィーナは淡く口を開いた。吸い寄せられるようにジェラールの唇がシルフィーナのそれと重なる。彼は唇を啄《ついば》みながら、ネグリジェをそっと脱がしていく。

「んん……ふ、……ぅ……ぁあん……」

肌を滑る布の感触とジェラールのキスが気持ちよくて、シルフィーナの口からは喘《あえ》ぎが止まらない。快感からどうにか逃《のが》れようと身を捩《よじ》るとそれすら気持ちよくて、動きを止めてしまう。

「そんなに気持ちいいですか？」

「団長……助けて……さっき、から……疼《うず》きが酷くて……」

そう言うシルフィーナの声は、もう半泣きだ。生まれて初めて体験する強すぎる快感に、どう対応していいのかわからない。

「噂には聞いていましたが、秘薬がここまで強力だとは……」

胸を包み込む下着の胸元にジェラールの手が伸び、固く結ばれた紐をそっと解《ほど》く。すると支えを失ったシルフィーナの白い乳房が零れ出た。

「はぁ、ん……」

肌が外気に晒《さら》されただけでも堪《たま》らず、軽く眉根を寄せたシルフィーナの唇から甘い喘《あえ》ぎが漏れた。

「シルフィーナさん、申し訳ありません。君があんまり可愛いので、手加減できないかもしれません。先に謝っておきます」

ジェラールは熱に浮かされたように、熱い吐息を吐いた。青の秘薬によって快感を引き出されたシルフィーナの肌は桜色に染まり、なんとも言えない色香を放っている。

「そ、そんな……あぁ……や……」

首筋に唇を這《は》わせながらそっと胸を包み込むように触れられると、体がびくんと震えた。

「いやぁ、参りました。発情した君が、こんなにいやらしくて綺麗《きれい》で可愛いなんて……反則ですよ」

彼は右手でやさしく胸を揉みながら、柔《やわ》らかな乳房の頂点でふるふると震える小さな果実に舌を絡ませる。そうしながら彼は、シルフィーナの肌をうっとりした表情で撫《な》で続けた。下半身に、一気に血液が集まって熱くなっていくのを感じる。

「団長、まって……だめ、私……気持ちよすぎて……あう……」

胸に触れられると、下半身が潤《うる》むばかりか下着まで濡れてしまったのがわかり、シルフィーナは羞恥《しゅうち》に頬を赤く染めた。秘所がじんじんと熱く疼《うず》く。この疼《うず》きを、早く止めてほしくて堪《たま》らない。

「ジェラールと名前で呼んでください。僕も君をシルフィーナと呼びますから」

唇が肌に触れるか触れないかの距離でそう告《つ》げる。彼の熱い吐息が肌にかかるだけでも堪《たま》らないシルフィーナは、こくりと頷いた。

「こんな形になりましたが、僕はずっと君が欲しかったので、一つになれることが嬉しいんです。僕は心底君が好きなんです。君に惚れています、綺麗《きれい》で可愛い……僕のシルフィーナ」

そして彼はシルフィーナの胸の赤く色づいた頂《いただき》を口に含むと、舌先で捏《こ》ねるように刺激する。シルフィーナの体は、与えられた刺激に素直に反応し、びくびくと震える。

「ああっ……あ、だ、だんちょ……ジェラール……っ！」

胸を這《は》う舌の感触がさらに新たな快感を呼び、シルフィーナの目尻から涙が零れ落ちる。そして胸を強く吸われると、彼女の体は弓なりに反り、一際大きく震えた。

どうやらたったこれだけの刺激で、シルフィーナは軽く達してしまったようだ。はあはあと息を荒くし、胸が激しく上下する。

「これだけで気持ちよくなったんですか、薬を使われてしまったとはいえ淫《みだ》らな体ですね」

くすりと笑い、ジェラールはさらに愛撫を続ける。白い肌を味わうように、ゆっくりとした動きで手を這《は》わせていく。下腹の柔《やわ》らかなところを何度も撫《な》でられる。

「あっ、あぁ……、そんなに撫《な》で回したら、だめ……だ……」

酷く焦《じ》らされている感じがして、腰が自然と動いてしまう。口では駄目だと言いながら、早くその先に触れてほしくて期待に胸が早鐘《はやがね》を打つ。

「ダメじゃありません。だって、ほらこんなに……」

さらにジェラールの指が下に移動し、下着の上からシルフィーナの秘所をそっと撫《な》でる。すでにそこは、ぐしょぐしょに濡れていた。ジェラールのすらりとした指が下着を押し下げ脱がされると、秘所が露《あら》わになる。それから秘裂に滑り込んだ彼の指は、とろりとした熱い蜜を絡め取る。浅いところで指先を動かされるたびに、くちゅ、と卑猥《ひわい》な水音がシルフィーナの鼓膜を震わせた。

「聞こえるでしょう？　君が僕を欲しがっている音が。こんなに蜜を溢《あふ》れさせて、僕を誘って……堪《たま》らないな」

ジェラールはシルフィーナの羞恥《しゅうち》を煽《あお》るように、音を立てながら秘所を愛撫しつつ彼女の耳元で囁《ささや》いた。耳が弱いシルフィーナはぽろぽろと涙を零し、幾度《いくど》となく腰を震わせる。少しトーンを低くしたジェラールの声が頭の中に甘く響いて、背筋をゾクゾクとした快感が走り腰まで到達する。

「や、だ……恥《は》ずかしいことを、はぁ……っ、言う……な……あぁぁ」

「恥《は》じらう君も可愛いですよ……ああ、ほら、もう、指一本が入ってしまいましたよ。わかりますか？」

そう言ってジェラールは蜜壷の中に差し入れた中指を、ゆっくりと動かす。

「あっ、ぁ……ふ、あぁ……ジェラール、やめ……ひぁ……っ!!」

中で蠢《うごめ》く指の動きがありありとわかり、恥《は》ずかしくて堪《たま》らない。そして、とある一点に彼の指が触れた途端《とたん》、腰がビクッと強く跳ねた。

「ああ、ここですか。そんなにここが気持ちいいんですか？」

「あっ、あっ、だめっ、だめ……あぁん、ふ、ぁあっ……抜い、てぇ……っ」

幾度《いくど》となく指先でトントンと刺激されると、下肢がガクガクと震えた。あまりの快感にシルフィーナは頭を左右に振る。

ただでさえ青の秘薬のせいで快感が高められているのだ。そこへこの刺激は気持ちよすぎる。性行為が初めてのシルフィーナは、泣いてよがることしかできない。

「残念ですが、そのお願いは聞けません。こうやって体を慣らしておかないと、いきなり入れたら痛いなんてもんじゃありませんからね」

シルフィーナが発する嬌声《きょうせい》をうっとりした表情で聞きながら、ジェラールはふわりと微笑んだ。その柔《やわ》らかな笑みとは逆に、彼の体の中心はますます硬さと熱を増している。

そしてジェラールの指は、シルフィーナのもう一つの感じる部分を掠《かす》める。濡れた秘裂の上にある小さな花芯を、指の腹でそれはそれはやさしく撫《な》でた。

「ひ、あぁあぁぁっ！」

するとシルフィーナは甲高《かんだか》い声を上げ、ふたたび軽く達してしまった。快感にのけ反った背中がシーツから浮き、腰がビクンと跳ねる。蜜壷からは新たな蜜が溢《あふ》れ、ジェラールの指を濡らしシーツにも染みを作る。

「ああ、そんなに可愛い声で啼《な》かれると、今すぐ入れたくなる……シルフィーナ、早く君と繋がりたい――」

逸《はや》る気持ちを抑え込むような顔をしつつ、ジェラールはもう片方の手でシルフィーナの頬をそっと撫《な》でる。

それだけの刺激でも堪《たま》らず、小さく喘《あえ》ぐ。ジェラールの口からも熱い吐息が漏れる。

彼は自分の指を締めつけられながら、愛おしげにシルフィーナを見つめる。そのまま蜜壷の入り口をやさしく押し広げるように、ゆるゆるとかき回す。

二度達したせいか、思ったよりも秘所が解《ほぐ》れているようで、難なく二本目の指を受け入れた。それは意外なほどするんと彼女の中に呑み込まれた。

「秘薬のせいもあるでしょうが、二度も達したあとだとさすがに馴染《なじ》むのが早いですね……わかりますか？　今、君の中に僕の指が二本入ってますよ」

「ん、ふう……はあっ、……あ……」

途切れることのない疼《うず》きと与えられる快感に、シルフィーナはもう口を利《き》ける余裕がなくなっている。額《ひたい》には汗が浮かび、肌は上気していた。その両手は必死に快感に耐えるため、強くシーツを握り締めている。

「シルフィーナ……」

ジェラールの口から熱い吐息と共に、シルフィーナの名前が零れ出る。彼女の秘所を愛撫しながら、その額《ひたい》に頬に唇に耳朶《みみたぶ》に、幾度《いくど》となくやさしいキスを繰り返す。

シルフィーナの中から溢《あふ》れる蜜は、とどまることを知らないかのようだ。もう蜜壷の中にある指をゆるゆると動かされても、まったく抵抗感がない。

「これならそろそろ入れても大丈夫かもしれませんね」

ジェラールは一旦身を起こすと、身に着けている服を脱ぎ素早く裸になる。それから彼女の足の間にそっと体を割り込ませながら、広げていく。すっかり開かれたシルフィーナの秘所は蜜に塗《まみ》れて、ぬらぬらと光を反射している。シルフィーナの恥《は》ずかしいところを凝視《ぎょうし》している彼の剛直が、さらに硬く力を持つ。

「……入れますよ、なるべく力を抜いていてくださいね」

「あん……っ」

シルフィーナの秘裂にジェラールの昂《たかぶ》ったものがあてがわれる。秘裂をなぞるように先端を数回擦《こす》りつけられ、シルフィーナはその予想外の熱さに思わず腰をびくつかせる。そのとき彼女は見てしまった。今から自分の中に入ろうとしているものを。驚愕《きょうがく》に目を見開く。

「ジェラール、待って……っ、そんな、そんな大きいの、無理……入るわけが……ああぁっ」

「すみません、初めては怖いですよね。でも徐々に慣らしますから……はぁ……君の中は、こんなに……」

自分の中をみちみちと押し広げながら入ってくるそれが怖くなり、思わず腰を引こうとする。

ジェラールは先端だけ入れたところで、なにかに必死で耐えるように眉根を寄せ、シルフィーナの腰をしっかりと抱え込む。

「い、た……痛い……、抜いて……こわい……」

秘所が裂けるような痛みに、シルフィーナは顔を顰《しか》める。

「シルフィーナ、そんなに力《りき》まれては入りづらい……大丈夫、ちゃんと入りますから」

秘薬が効いているとはいってもやはり処女だ。ジェラールは三分の一ほど入れたところで動きを止め、シルフィーナの体に馴染《なじ》むのを待つようにじっとしている。それから怖がるシルフィーナの頭を、繰り返しやさしく撫《な》でた。

「ん……ふうぅ……」

徐々に馴染《なじ》んできたのか、シルフィーナの力が少し緩んだ。

（ああ、団長のが私の中に入ってるなんて信じられない……男の人のって、こんなに大きくて熱いんだ。熱くて熱くて溶かされてしまいそうだ……）

そのときジェラールの指の腹が、シルフィーナの小さな花芯に触れた。ゆるゆると繊細な触れ方で、掠《かす》めるように何度も撫《な》でられた。自分の中が彼自身を締めつけようと蠢《うごめ》きだしたのがわかり、気持ちいいが無性《むしょう》に恥《は》ずかしくなる。

「あっ、やあぁ……っ……はあっ……」

「もう少し、いけそうですね……」

さらに三分の一ほど、ジェラールの熱の塊《かたまり》がシルフィーナの中に入った。ジェラールはさらに愛撫の手を動かす。花芯をゆるゆると撫《な》でながら、シルフィーナに深く口づける。彼女の口の中も、すでに熱く蕩《とろ》けている。ねっとりと咥内《こうない》を味わうようにやさしく這《は》い回る熱い舌があまりにも心地よくて、唇から熱い吐息が漏れる。

そのとき、彼女の体の力が抜けた。ジェラールはここぞとばかりに一気に己の熱い楔《くさび》を打ち込んだ。

「ん、んんんんっ！」

一気に中を貫かれ、破瓜《はか》の痛みに一瞬、体が硬直した。次いでシルフィーナの瞳からぽろぽろと涙が零れ落ちる。指とは比べ物にならない灼熱《しゃくねつ》の楔《くさび》が、自分の中を圧倒的な質量で押し広げ、入ってきたのだ。痛みと熱さで、もうなにがなんだかわからなくなる。自分の中がひたすら熱さと痛みで占められているのに、内壁は入ってきたものをさらに引き込むように締めつける。するとジェラールは唇を離し、そっと彼女の涙を舐《な》めとった。

「痛くしてすみません。でも早く僕を君の体に刻みつけたくて。今度はやさしくしますから」

堪《たま》らなそうにジェラールは熱い吐息を漏らす。

（団長、必死で我慢して苦しそうだ。動きたいのかな。だけど、快感に抗《あらが》ってる団長の顔……すごくえっちだ）

自分もそれは同じなのだが、熱を孕《はら》んだ瞳で見つめていると、焦《じ》れたらしいジェラールに唇を奪われた。

「んっ……んん……、はぁ……っん……あぁん……はぁっ……ぁあ……」

これまでの彼のキスとは違い、すべてを貪《むさぼ》りつくすような激しいキスだ。いつもの余裕がなくなり、その舌から、息遣いから、重なる肌から、熱く揺らめく瞳から――シルフィーナが欲しくて欲しくて堪《たま》らないという熱い気持ちが伝わってくる。

そのキスで、咥内《こうない》ばかりか、頭までとろとろに溶かされたシルフィーナは、気づけば痛みより快感が勝《まさ》っていた。シーツを握り締め痛みに耐えていた両腕をジェラールの首に回し、自然と両足を彼の腰に巻きつけていた。

「もう、大丈夫なんですか？」

シルフィーナのほうから擦《す》り寄ると、ジェラールの青い目が細められる。そっと唇を離したジェラールが囁《ささや》く声には、愛情がにじみ出ているように感じられた。

汗で額《ひたい》に張り付いた髪を丁寧によけられ、そこにやさしい口づけが落とされる。

シルフィーナは心が温かくなり、意を決して囁《ささや》きかける。

「薬のせいか、あなたのお陰かわかりませんが、痛みはだいぶましになったので……その、もう……」

存分に動いてくださいとは中々言い出せず、言葉が途切れてしまう。だが、それだけで十分ジェラールには伝わっていた。

「ふふ、わかりました。では好き勝手させてもらいます。大丈夫ですよ、痛いのはもう終わりましたから……あとは快楽に酔いしれていてください」

「ふ、あぁぁ……ん……」

ジェラールがゆっくり腰を引くと中が擦《こす》れて、自然とねだるような声が口から漏れた。

「ああ、あと僕の名前をたくさん呼んでくれたら嬉しいです」

「ん……、わかった……ジェラール。ひ、あぁっ……」

名前を呼ばれただけで、彼の雄の象徴はさらにその熱さと硬さを増した。

そして引き戻されたそれがまたゆっくりと中に入ってきて、シルフィーナの腰がびくびくと震える。

「まったく、君は僕を煽《あお》る天才ですね……はぁ、堪《たま》らない……」

何度もゆっくりとした動きを繰り返されると、わずかにシルフィーナの腰が動き出してしまう。ジェラールはそれに気づいたようで、口元に笑みを浮かべる。

「ジェラール、もっとその……あん……あっ……」

「もっと速いほうがいいんですね。どんどん言ってください、そういうことは。僕も嬉しいので」

腰を少し速めに揺らしながら、ジェラールはシルフィーナの胸をやさしく撫《な》で回したり、乳首を指で弄《もてあそ》ぶ。

「あっ、や……同時に、されたら……ふあぁ……っ」

繋がった部分からいやらしい水音が立ち、シルフィーナは恥《は》ずかしくて耳を塞《ふさ》ぎたくなる。それなのに体は嬉しくて堪《たま》らないといったふうにジェラールを受け入れ、内襞を絡みつかせた。

「気持ちいいでしょう？　僕も同じくらい気持ちいいですよ、君が乱れれば乱れるほど、ね……」

快感に喘《あえ》ぐシルフィーナを見つめるジェラールの瞳は、熱を孕《はら》んでいるが、とてもやさしい。

愛おしむように丁寧な愛撫が繰り返され、しかし自分の中を穿《うが》つ熱い男性の象徴は勢いを増していく。その心地よさに浸《ひた》っていると、突然腰の動きを止められ、つい拗《す》ねたようにジェラールを見上げてしまう。

ジェラールはくすりと笑い、律動を再開した。何度もそれを繰り返されたシルフィーナは、もう絶頂の寸前まで快感が高まっている。

「ジェラール、私、なんか……きそ、う、で……ああっ……はあっ……」

「わかりました、一緒に気持ちよくなりましょう……ん……」

ジェラールは一旦自分の熱を引き抜くと、一気に奥まで突き入れ、腰の動きを速くする。

「ひっ、あああっ……やぁ……はげし……っ」

激しさを増した律動に、シルフィーナの腰が大きく跳ねる。奥を穿《うが》たれるたびに快感が増し、背筋をゾクゾクと快感が駆け上《のぼ》っていく。

「激しいのも、いい、でしょう？　……は……っ」

「ジェラール、ジェラール、だめっ……も、だめ……ぇ……あぁぁあぁ――っ」

シルフィーナは容易《たやす》く絶頂を迎えてしまった。その際の締めつけでジェラールも危うく達しそうになったのか、さっと蜜壷から己の熱い楔《くさび》を引き抜く。

そして、いまだ快感の中にいるシルフィーナの白いお腹に、自分の欲望を解き放つ。

「シルフィーナ……そんなに気持ちよかったですか？　ああ……なんて可愛い、愛おしい……」

シルフィーナは、はあはあと肩で息をしている。呼吸を整えようと大きく口を開けて必死で息をする。

「そのうち君の口で気持ちよくしてほしいものです」

彼は指先で、そっと濡れた唇をなぞった。

「ん……くすぐったい」

不意にシルフィーナがそう言うと、ジェラールは指を引っ込めてしまう。

ジェラールは達したシルフィーナの艶姿《あですがた》をしばし眺めていたが、そっと汗ばんだ肌にキスを落とし始める。まずは頬に、次に首筋、鎖骨、肩と移動していく。それから胸元へ戻りそっと肌を吸って痕をつける。

「なに、してるんだ？」

少し掠《かす》れ気味の声で、シルフィーナは問うた。

「ふふ、少しマーキングしてただけですよ」

「え……？」

シルフィーナはジェラールの言葉を聞き、胸に視線を移す。するとそこに赤い痕がついていた。しかし彼女が驚いたのは、そのもう少し先の光景だ。

「ジェラール、あの、この白い液体って……」

「ええ、僕の精液です」

あっさりとジェラールはそう言った。

「そんな、だって……それは中に注《そそ》がれないと私の疼《うず》きが……」

「消えませんねぇ」

「それでは意味がないじゃないか！」

やっとこの狂おしい疼《うず》きから解放されたと思ったのに、ぬか喜びに終わり、シルフィーナはジェラールを責める。

「いえいえ、そんなことは。君が本心を話してくれたら、すぐにでも差し上げますよ」

「え？」

「シルフィーナ、僕は君が好きです。だから、君の本心も知りたい。教えてくれませんか？」

「そっ、それは……だから、その……き、嫌いではないというか……」

きっともう答えはジェラールにもばれていると感じつつも、シルフィーナの言葉は歯切れが悪い。

「そういう曖昧《あいまい》な答えは、僕の求めているものではありません。もう一度抱いてあげますから、その間に本心を聞かせてください」

そう言ってジェラールはいつものように、のほほんとした笑みを浮かべた。

「……!?」

（こいつは、悪魔だ。なにがもう一度抱いてあげますだッ！　ふざけるのも大概《たいがい》にしろ！）

シルフィーナは、そう思わずにはいられなかった。そしてここから彼女の長い一日が始まる。

「まずは綺麗《きれい》にしておかないとですね」

ジェラールはシルフィーナのお腹に放った精液を、タオルで丁寧に拭き取った。

「では二回目始めましょうか」

「……っ、団長の嘘つき……」

シルフィーナはベッドの上で膝を抱えて座り、拗《す》ねている。呼び方もジェラールから団長に戻ってしまった。

精を注《そそ》がれないと疼《うず》きから解放されないシルフィーナに、しないという選択肢は残されていないのだ。ジェラールと裸で愛し合うしか道はない。

「卑怯者《ひきょうもの》。腹黒眼鏡、いじめっこ……嘘つきは、嫌いだ」

精一杯悪態をつくシルフィーナだが、今この瞬間も体の奥が疼《うず》いて疼《うず》いて仕方がない。

「拗《す》ねた君も可愛いですが、笑顔のほうがもっと可愛いですよ」

そっと背後からシルフィーナを包み込むように抱きしめるジェラール。シルフィーナはその腕から逃《のが》れようとしたが、耳朶《みみたぶ》を食《は》まれただけで力が抜け、逃《のが》れられなかった。

「……誰のせいですか」

「すみません、謝りますから」

膝に伸びたジェラールの手が、ゆっくりと太腿《ふともも》を撫《な》でる。ただそれだけでシルフィーナの口からは喘《あえ》ぎが漏れそうになり、彼女はきゅっと唇を噛んで耐えた。

「君があんまり可愛いから、愛《め》でたくてしょうがないんです」

耳元で甘く囁《ささや》かれると、快感にゾクリと腰が震えた。

(ああ、どうしても駄目だ……この人の声を聞くだけで腰が震えてしまう。きっと秘薬なんか使ってなくても結果は変わらない気がする。ずるい。団長はずるい！　いつも私ばかり恥《は》ずかしい目にあわせてドキドキさせて)

「んっ……や……」

太腿《ふともも》を撫《な》でていたジェラールの手がそのまま上に移動してきて、脇腹をゆっくりと撫《な》で上げる。

「本当に君は敏感なんですねぇ。どこに触れても反応する」

「だからそれは、秘薬のせい、で……っ」

不意に耳朶《みみたぶ》を食《は》まれ、背後から両胸を包み込むように揉まれる。

「はいはい、秘薬のせいですねぇ……ふふ」

「あ、ふ、あぁ……やん……」

硬く立ち上がった胸の頂《いただき》を指で摘まんで捏《こ》ねられると、お腹の奥がズクンと狂おしく疼《うず》き始める。

「ああ、もうこんなに濡れて……すぐにでも入れてほしいんじゃありませんか？」

秘所を撫《な》でる指先が浅い所を何度も行き来する。中からとろりと蜜が溢《あふ》れ、ジェラールの指を濡らした。

「や……そんなこと、ない……あぁ……」

「そう言いながら、もう僕の指を二本咥《くわ》え込んでいるんですが、そうですか……ならずっとこのまま弄《いじ》り続けてあげますね」

潤《うる》みきった蜜壷に入った二本の指を、内壁をなぞるようにゆっくりと動かされると、シルフィーナの腰がびくびくと震える。確かにこれも気持ちよくはあるが、シルフィーナが求める快感には程遠い。ゆるゆるとした刺激はもどかしく、余計に情欲を増長させる。

「あぁ……くぅ、団長の、ばかぁ……いじわる……ひあっ！」

ゆるい愛撫がもどかしくてそう言うと、花芯をきゅっと摘ままれ、短い悲鳴を上げた。

「名前で呼んでくださいね？」

「ぁ……ジェラール……」

「そうそう、聞き分けのいい子は好きですよ。ついでに君の気持ちも言っちゃいましょうか」

耳元で囁《ささや》かれ耳朶《みみたぶ》を甘噛みされると、腰がゾクリとした。

「そ、それは……、その……」

「素直に白状したら、すぐ楽にしてあげますよ」

ジェラールは楽しそうに、もう片方の手でシルフィーナの乳首をピンと指先で弾《はじ》いた。

「きゃっ、……っはぁ……お願い、ジェラール……」

もうお腹の奥の疼《うず》きが物凄くて、シルフィーナは暴れ回りたい衝動に駆られる。そしてそれは自分の中にあるジェラールの指を強く締めつけることで、彼にも伝わってしまう。

「可愛いおねだりですが、ただで聞いてあげるわけにはいきませんねぇ……僕のことが好きか嫌いか、ただそれを教えてくれればすぐにでも……」

「い、じわる……ジェラールのばか！　もう教えない……っ」

尽きることのない快感と悔しさで、ぽろぽろ涙を零すシルフィーナ。

「ああ、どうか泣かないでください。……では一つずつ、聞いていきましょうか。まず一つ目、僕に触れられるのは好きですか？」

一つ目の問いに、シルフィーナはこくりと頷く。

「では二つ目、僕に抱かれるのは気持ちいいですか？」

「……は、い……」

シルフィーナは答えながら顔が熱くなる。

それを見たジェラールは、いいこいいこと頭を撫《な》でた。

「では三つ目、僕のことが好きですか？」

三つ目の問いを聞いて、シルフィーナの心臓がどくんと跳ねた。胸が早鐘《はやがね》を打ち、中々収まらない。

「う……わ、わかりま、せん……」

「嘘でも『はい』と答えればいいものを……君は頑固《がんこ》ですねぇ」

こんな聞き方をされている時点で、ジェラールにはもう自分の気持ちがわかっているのだろう。だがその上でシルフィーナの口から聞きたいに違いない。

「し、知るか……っ」

「僕には手に取るようにわかりますよ……だって心臓がこんなに早鐘《はやがね》を打ってる。君は僕を好きだという事実を認めるのが怖いんですね」

「っ!!」

ズバリ核心を突かれて、シルフィーナは返す言葉もない。

「こっちを向きましょうか、シルフィーナ」

対面してジェラールの太腿《ふともも》の上に座らされるシルフィーナ。自然と膝を開き秘所を見せるような体勢になり、シルフィーナは体が熱くなる。そして彼女の秘所のすぐ傍には、ジェラールの昂《たかぶ》ったものがある。

「……っ、こんなの、恥《は》ずかしい……」

蚊の鳴くような声で告《つ》げたシルフィーナは、ジェラールから視線を斜め下に逸らした。

「大丈夫ですよ。君のこんな姿、僕しか知りませんから。それに君はいつだって綺麗《きれい》で可愛いです」

「それは団長の目が腐って……あぁっ」

いきなり乳首をぎゅっと摘まれ、シルフィーナは喘《あえ》いだ。痛いはずなのに気持ちいいのは、きっと秘薬のせいだろう。

「名前で呼んでください」

「ジェラール……」

(なんだってんだ、一体。団長はやさしい人だと印象を修正したばかりなのに、実は意地悪なのか？)

シルフィーナが軽く混乱していると、すっと顎《あご》に手をかけられ顔を上向かされる。

「キス、してください。君から」

「え、でも……」

「恥《は》ずかしいなら目を閉じてますから」

ジェラールは微笑し、そのまま瞼《まぶた》を伏《ふ》せる。

「うぅ……」

しばらくどうするか悩んでいたシルフィーナだったが、おずおずとジェラールの顔を両手で包み込み、そっと顔を寄せる。初めて水に触れる子猫のように、恐る恐る唇を重ねる。自分からすることに慣れていないため、たどたどしい動作でジェラールの唇を啄《ついば》む。

「ん……」

ジェラールは低く小さな喘《あえ》ぎを漏らした。自然と彼女の背中に伸びた手が、産毛《うぶげ》をなぞるように肌に触れるか触れないかの繊細なタッチで撫《な》で回す。

すぐにシルフィーナの体が反応し、小刻みに揺れた。

彼はそのまま腰まで手を進めてから、シルフィーナのお尻をやさしく両手で包み込む。両手で円を描くようにゆっくりとお尻を揉まれ、シルフィーナは体の疼《うず》きが増していく。啄《ついば》む程度で済ませようと思っていたキスは、気づけばお互いの舌を絡めあうような深いものになっている。しかもシルフィーナがもっと舌を絡めようとすると、ジェラールにさらりと躱《かわ》されるため、焦《じ》れてしょうがない。それがもどかしくてもっと深いキスをと思うと、彼の頬に添えていた手はいつの間にか頭を抱き込むようになっていく。

「んぅ……んふ……んぁっ……はぁ、逃げる、な……っ」

息を乱しながら必死に口づけるシルフィーナを、ちらりと見たジェラールの瞳がふっと細められる。ジェラールの舌を追いかけて貪《むさぼ》るように激しいキスを続けていると、不意にその動きが緩くなった。シルフィーナはここぞとばかりに激しく舌を絡め、舐《ねぶ》る。

やっと深いキスをすることができたシルフィーナは、幾度《いくど》となく舌を絡め、混ざりあった唾液を呑み込み、彼の咥内《こうない》をすべて味わい尽くすように丹念に愛撫した。そんな彼女がようやく口を離したとき、激しくしたせいでかなり息が荒くなっていた。だがジェラールは、いつも通り少しも息が乱れていない。

「そんなに息を荒くして、よっぽど僕とキスしたかったんですね？」

「だって……っはぁ……逃げる、から……っ」

シルフィーナは必死で呼吸を整えながら喋《しゃべ》る。

「それはただの言い訳じゃないですか？」

ジェラールは楽しくて仕方がないといった表情でシルフィーナを見つめる。

「え？」

ジェラールの言葉の意味が、シルフィーナはよくわからない。

「だって、そうじゃありませんか。僕はただ、キスしてください、と言っただけですよ。どこに、とも、どの程度の、とも一言も言ってないのに、あんな濃厚な……」

「な……な……っ!?」

衝撃的な言葉に、シルフィーナはすぐに言葉を紡ぎ出せない。物凄い羞恥心《しゅうちしん》が沸き起こり、一瞬にして耳まで熱くなる。

「瞼《まぶた》でも頬でも、触れる程度のキスでもよかったのに、こんなに濃厚でいやらしいキスをしてくるとは……えっちですねぇ」

「……っ」

「それに、しないという選択肢もあったというのに」

心底嬉しそうに言うジェラールの声を聞き、シルフィーナは恥《は》ずかしくて死にたくなる。

「これでわかったでしょう？」

「え……？」

「君はもう僕が好きで堪《たま》らないんです」

はっきりと断言され、シルフィーナは焦る。そんなのは嘘だ、好きなんかじゃないという思考が瞬時に浮き上がってくる。

「そんな、そんなはずは……」

シルフィーナは、ふるふると小さく首を横に振る。

「そろそろ観念したらどうです？　君は好きでもなんでもない男に、あんなキスをするような人じゃないでしょう」

「それはそうですけど……」

（認めたいけど、認めたくない。認めたら楽になれるのに、どうして私は素直になれな

いんだろう）

「まあ、僕としては君が認めるまで抱き続けられるので、得でしかないと言いますか」

「うぐ……」

「僕が喜ぶのが癪《しゃく》なら、早く言ったほうが身のためですよ、僕が好きだと」

ジェラールはにっこりと微笑んだ。それからすっかり昂《たかぶ》った自分のものを手にとり、シルフィーナの濡れた秘裂へ、ぬるぬると滑らせる。

「や、あぁぁ……あっ、あ……」

あまりにも緩慢な動きに酷く焦《じ》らされると共に強烈な疼《うず》きが全身に広がり、思わず逃げようと腰を引く。

「すみませんねぇ、逃がしてあげることはできません」

彼はよがるシルフィーナの腰をもう片方の手で固定し、蕩《とろ》けきった蜜壷に熱い塊《かたまり》をズブリと突き立てる。

「は、あぁ……だ、め……あっ、あっ、あああぁ……」

そのまま彼のものは、内側の感触を味わうように、ゆっくりと中に入ってくる。

ジェラールの熱い雄の象徴と擦《こす》れ合って、気持ちよくて堪《たま》らない。彼の太腿《ふともも》の上に跨《また》がっている分、より深く繋がった。奥に先端がトンと触れた瞬間シルフィーナは軽く達してしまう。腰がビクリと震え、泣きたくなるような強い快感が背筋をゾクゾクと駆け上がり、弓なりにのけ反った。

「ほら、早く言わないと、ずっと楽になれませんよ？」

「そんな……！」

冗談じゃない、とシルフィーナは思った。これではまるで拷問《ごうもん》のようではないか。

（大体どうして団長は、そんなに私に好きだと言わせたいんだ？）

「君が言ってくれるまで、中に出してあげません。何度達しようが、君の疼《うず》きは治まらない」

「こ、この悪魔……っ」

「悪魔だなんて酷いなぁ。僕はただ愛しい女性からの好きの一言が欲しいだけの、憐《あわ》れな男ですよ」

「どっ、どこが憐《あわ》れなんですかっ！　……あっ、や……動く、な……っ」

ゆるゆると腰を揺すられると、じわじわと強い疼《うず》きが押し寄せてきて泣きそうになる。

「しょうがないですねぇ」

そう言いながら動きを止めたジェラールは、彼女の胸を吸い始める。すでに硬く立ち上がったその輪郭を舌先でちろちろと刺激し、そっと口に含む。やさしく吸われたかと思えば、軽く歯を立て引っ張られる。

「ひ、ぁ……ダメ……」

胸の先から肌を伝い全身に甘い痺《しび》れが広がり、シルフィーナは力の入らない腕でジェラールの頭を押しのけようとする。

「僕のお姫さまは我侭《わがまま》ですねぇ……」

ジェラールは胸から顔を離すと、シルフィーナの小さな唇にそっと触れるようなキスをする。

「だって……全部気持ちよすぎて……」

快感で熱く潤《うる》んだ瞳には、今にも零れ落ちそうなほどの涙がたまっている。

「お馬鹿さんですねぇ、一言好きと言えば、すぐに終わると言っているじゃありませんか」

シルフィーナを愛おしげに見つめながら、ちゅ、とやさしく唇を食《は》む。ゆっくりと何度も何度も丁寧に。

「ん……ジェラール……」

少し落ち着いてきたので、シルフィーナからもやさしいキスを返した。そのまま首に腕を回して抱きつき、柔《やわ》らかな胸をジェラールの逞《たくま》しい胸に押し当てる形になる。たったそれだけで、彼女の中に埋まっているジェラールの熱い楔《くさび》がさらに大きくなった。

「ぁっ、なんで……」

堪《たま》らずシルフィーナの瞳から涙が零れ落ちた。

「君が可愛いことをするからですよ……すみません、もう我慢の限界です」

「あっ、あっ、あっ、ジェラール、ジェラール……ふ、あぁぁあぁっ」

トントンと子宮口をノックするように律動を繰り返されると、シルフィーナはあっけなく達してしまう。しかしジェラールの動きは止まらない。先に達したシルフィーナの内襞が絡みつき、さらにジェラールの熱い塊《かたまり》を中へ中へと引き込もうとする。

「これは、やばい……」

なにかに耐えるように苦笑したジェラールの動きが、さらに激しさを増す。自分の体のもっとも奥深いところを突き上げられると気持ちよくて、シルフィーナはもう半泣きだ。

「いやっ、やだぁっ、助けて……気持ち、よすぎて……おねが、ジェラール、やめっ……きゃぁあっ――」

力が抜け、全身をガクガクと震わせながらシルフィーナはまた絶頂を迎えた。のけ反りながら力を失った体は、頭がカクンとうしろに倒れた。

「んっ……く……」

ジェラールもそろそろ極みが近くなったのか、シルフィーナをひょいと持ち上げる。次いでズルリと自分自身を引き抜くと、ふたたび彼女の柔《やわ》らかな腹に熱い欲望を解き放った。

それから息も荒いままに、すっかり脱力してしまったシルフィーナをぎゅうっと抱きしめる。

「っはぁ、危ないところでした……シルフィーナ、大丈夫ですか？」

「……ん……、はぁ……」

一瞬だけ意識を飛ばしてしまったが、なんとか平気だと思う。

「よかった、大丈夫そうですね。ちょっと夢中になっちゃいました」

ジェラールはシルフィーナを労《いたわ》るように、やさしいキスを顔中《かおじゅう》に落としていく。じんわりと触れるジェラールの唇が心地よくて、シルフィーナはうっとりした。

（団長のやさしいキスは大好きだ――）

最後に唇にキスが降ってきて、思わずシルフィーナは微笑んだ。

「参ったなぁ……どうして君はそんなに、可愛いんですか……」

ジェラールのシルフィーナを抱きしめる腕に力がこもる。

そのとき、シルフィーナはお腹の辺りのねばっとした感触に気づく。そして、恐る恐る手を伸ばし、それに触れた。どろりとした粘り気のある液体の感触だ。それを指に少しとり、自分の視界に入るところまで持ってくる。

「だ、だんちょ……じゃなかった。ジェラール、この液体は……もしかして」

シルフィーナの手がわなわなと震える。

「ええ、僕の精液です」

ジェラールはさらっとそう答えた。

「……ば、ばかあああぁーっ！　どうして外にっ！　ばか！　ばかあーっ！　ジェラールのばか!!」

（何回えっちさせる気だ！）

シルフィーナは悔しくて、ジェラールの胸をぽかぽかと叩く。

「ふふ、可愛いですねぇ。いいじゃないですか、これでもう一回気持ちよくなれますよ。僕に抱かれるのは気持ちいいんでしょう？」

「き、気持ちいいですけど、それとこれとは話が別です。私は一刻も早くこの疼《うず》きから解放されたいんです！」

「ですから、僕を一言好きだと言えば望みを叶えてあげると言っているじゃありませんか。すでに気持ちもバレた今、改めて言うことになんの問題があるというんです」

「そ、それは……」

（私だって言えるものなら言いたい。だけど、どうしても言葉が出てこないんだから仕方ない）

——数時間後。

「も、やだあっ……早く、早く中に注《そそ》いでくださいっ」

シルフィーナは途切れることのない強い快感に、ボロボロと涙が溢《あふ》れてとまらない。何度達しても精を注《そそ》がれないと、この狂おしいほどの熱い疼《うず》きは治まらないのだ。

「強情《ごうじょう》ですねぇ。こんなときでさえ君は素直に認めようとしないんですから。でも大丈夫ですよ、今ならなにを口走っても全部薬のせいですから。安心して本心を打ち明けてください」

「……薬の、せい……」

その言葉にシルフィーナの頑《かたく》なだった気持ちが解《ほぐ》れる。散々気持ちよくされて、いい加減解放されたい気持ちも、後押しとなった。

「ええ、全部薬のせいです。だから正直に話してください。君の気持ちを」

「私は……あなたのことが……」

シルフィーナは胸元でぐっと手を握り締め、決意を固める。ジェラールはそんな彼女を慈愛に満ちた眼差しで見守る。

(大丈夫、今なら言える)

「好き、です」

——ずっと苦しかった。本音では、もうとっくに好きになっていたのに、頭では好きなはずがないと思い込もうとしていた。自分の気持ちを素直に認めることができずにいた。

(でももう、認めざるを得ない。私は、この人が……団長のことが好きなんだ。一人の男性として。好きじゃないと思い込もうとした時点で、この人に惚れていたんだ。本当に好きじゃなかったら、そんなこと考える必要がない。否応《いやおう》なしに、団長に惹《ひ》かれていく自分が怖かったんだ)

「やっと言ってくれましたね……」

ジェラールは心底嬉しそうに笑みを浮かべる。そっとシルフィーナをシーツの海に沈め、精を注《そそ》ぐ準備をする。

「言ったのは、く、薬のせいですから」

照れ隠しにそう叫ぶ。ジェラールに抱かれ続けた体は、なんの抵抗もなく彼の灼熱《しゃくねつ》

刺激する。

「はいはい、薬のせい薬のせい。そんなふうに照れる君も大好きですよ」

ジェラールは嬉しくてしょうがないといった様子で、シルフィーナの蜜壷をやさしく刺激する。

「ジェラール……」

シルフィーナは彼の首に両腕を回し、腰に両足を絡め密着する。

――今なら薬のせいにできる。だからもう一度ちゃんと伝えておきたい。

「どうしたんです、急に積極的になって」

一定の速さで律動し続ける彼に対し、シルフィーナが耳元で囁《ささや》く。

「好き、あなたが好き、好きなんだ……ジェラール」

その声音は自分でも驚くほど甘く艶《あで》やかなものだった。それが一気に、ジェラールを限界まで引き上げてしまったらしい。

律動を続けていた彼の腰がビクッと震えたかと思うと、そのまま情欲の液体をシルフィーナの中に解き放った。

「…………っ、君って人は……はぁ、まったく……」

珍しくジェラールが赤面する。

「っ、あっ……い……、これが……あぁ……」

今までで一番強い快感が全身を襲い、シルフィーナは脱力してしまった。

そして効力が解けたのを示すように、爪が青から元の色に戻っていく。

「なんで赤くなってるんですか？」

シルフィーナは、きょとんとした様子でジェラールを見上げる。

「君があんまり可愛い煽《あお》りをするものだから、我慢できず即、精を放ってしまいました……もっとよがらせてからの予定だったのに、僕が先にイかされてしまったというわけです」

参ったとジェラールは苦笑する。

「そうですか。それはよくないことなんですか？」

「いいえ、そういうわけでは。ただちょっと僕としては悔しさが残ると言いますか。リベンジを要求します」

ジェラールはシルフィーナの隣にごろんと横になり、腕枕をして彼女を見つめる。

「え、リベンジって、いつ……」

「ええ、別に今日とは申しません。できるだけ早いほうが嬉しいですが」

「え？」

「え？」

お互い顔を見合わせる。

「今回抱いてくれたのは、秘薬から私を自由にしてくれるためですよね？　だったらもう、こういう行為は必要ないかと」

「それ、本気で言ってます？」

「はい」

そう返事をすると、ジェラールは思わず頭を抱える。

「あの、団長？」

「……呼び方、『団長』に戻ってる。やっと君の心も体も手に入れたと思ったのに、先は長そうです。じっくり教え込む必要がありますね」

「え、どういうことですか？　好きなだけじゃ、だめなんですか？」

肉食獣のような熱を宿《やど》したジェラールの青い瞳に見据えられ、シルフィーナはうろたえた。

「決めました。僕なしではいられないようにしてあげます」

「は、はあ……？」

いまいちよくわかっていないシルフィーナは、曖昧《あいまい》な返事をした。

2　十年前の真実

「あの、団長、やめてくださ……っ」

「まだ妊娠したくないのでしょう？　なら、しっかりと掻き出しておかないと……まあ、僕は君となら子供ができても構いませんがね」

温かな湯気が立ち込める浴室内に、二人の声が響く。ぐしょぐしょになった体を洗うため、一緒に風呂に入っているのだ。

「あとで避妊の薬も飲ませてあげますから」

「あ……くぅ……っ」

自分の中に放たれた精を掻き出す彼の指の動きが、気持ちよくて堪《たま》らない。バスタブに手をついて四つんばいになっていると、ジェラールの手が動くたびに腰がふるふると震える。その震える腰や内腿《うちもも》を見ているジェラールの男性の象徴は、またも昂《たかぶ》っている。

彼はシルフィーナの濡れた秘裂に昂《たかぶ》った先端をそっと擦《こす》りつけた。

「やっ、団長なにを……ぁあぁ……ぁん」

くちゅ、と卑猥《ひわい》な音を立て、熱い楔《くさび》がシルフィーナの蜜壷に呑み込まれていく。

「大丈夫です、ちゃんと外に出しますから……ん……」

「抜いて、ください……っ」

「そうしてあげたいのはやまやまなんですがね、僕はもう決めましたから。君のここが僕の形を覚えるまで、抱き続けると」

「あっ、んぅ……なに、言って……」

ゆるゆると腰を揺さぶられると、自分の中がジェラールの剛直に絡みついて、奥へ引き込もうとするのがわかる。

「君の子宮も僕を欲しがっているじゃありませんか……気が合いますねぇ」

体を密着させたジェラールに耳元で囁《ささや》かれると、ふたたび体の奥がどくんと疼《うず》く。背中に感じる彼の熱い肌も、耳にかかる熱い吐息も、彼から感じるすべてが気持ちよくてシルフィーナは泣きそうになる。

「やぁ……どうして、もう薬の効果は、きれたのに……なんで……」

「ふふ、あんな薬などなくとも、君は僕に触れられれば感じるということですね……ああ、本当に手放せなくなりますね」

彼は背中から回した手で、そっとシルフィーナの胸を包み込む。ゆっくりと両胸を中心に寄せるように揉まれると、中の締めつけがほんの少し強くなる。

「あっ、や、気持ちいい……」

「そうですか、それはよかった。僕も気持ちいいですよ……僕にとっての媚薬は君なんでしょう」

腰の動きを止め、シルフィーナの胸を揉みながら指の腹で胸の突起を捏《こ》ねるように刺激する。次に強めに引っ張る。

「痛っ、なにするんですか……っ」

「痛かったですか？　でも、さっきより締まりがよくなりましたよ。そればかりか、蜜が溢《あふ》れてきてますし」

言いながらジェラールはシルフィーナの内腿《うちもも》に指を這《は》わせる。その感触だけでも堪《たま》らず、シルフィーナの腰が揺れる。ジェラールの指が秘所に近づくにつれ、ゾクゾクとした疼《うず》きが迫《せ》り上がってくる。

「……っはぁ」

「どうしました、そんなに息を荒くして」

溢《あふ》れた蜜をすくった指先で、そのまま彼女の秘所を撫《な》で上げ、そして小さな花芯に触れる。

「ひぁんっ……あっ、あぁ……そこは、そこは……」

「ええ、わかりますよ。こうされると気持ちよくて、堪《たま》らないんでしょう？」

耳元で甘く囁《ささや》きながら、ジェラールは敏感な芽を掠《かす》めるようにやさしく撫《な》で回す。

「はぁん、あぁぁっ……ダメっ、だめぇ、……くぅん、んんっ……」

なんとも言えない疼《うず》きが、下肢を溶かすような快感を巻き起こす。腰から崩れ落ちてしまいそうな快感に襲われ、シルフィーナの目から涙が零れた。それと同時に彼女の奥もひくひくと脈打ち、ジェラールの熱の塊《かたまり》をきつく締めつける。

「んっ……そんなに締めつけられたら、出ちゃいそうになるじゃないですか……はぁ。まだ動いてもいないのに、堪《たま》りませんね……」

愛しさが込み上げてきて、ジェラールはシルフィーナの耳朶《みみたぶ》とその周辺に、やさしいキスを落としていく。

「ああ、おかしいな。君を惚れさせるつもりが……僕のほうが君に捕まったみたいだ」

「団長……あ、熱い、です……とけ、そう……」

ジェラールの逞《たくま》しい欲望の熱が中でどくどくと脈打ち、熱くて熱くて堪《たま》らない。自然と腰が震えて、そして動いてしまう。

「ずいぶんといやらしい腰使いをするんですねぇ……ん、ここが、いいんですか？」

「あ、や……ぁ……いい……あぅ……」

自分の腰の動きに合わせて中を軽く突かれると、泣きそうになりながら首を縦に振ることしかできない。息も絶え絶《ただ》えに、突っ張っている腕を震わせ続けた。それに気づいたジェラールに、繋がったまま抱きかかえられる。

「団長？」

「せっかくお湯が張ってあるんです、ゆっくり浸《つ》かりましょう。君も少し疲れているようですし」

ジェラールに抱きかかえられ、一緒に湯船に身を沈める。

「ふう、やっぱりお風呂はいいですねぇ……ねえ、シルフィーナ」

「……はい……ん……」

シルフィーナはやっと四肢を休められると安堵《あんど》し、背中をジェラールに預けた。目を閉じ、ほうと口から息を吐く。なにしろ昼前辺りから、ずっと抱かれっぱなしなのだ。疲れないわけがない。

「そんなに疲れましたか？」

「散々喘《あえ》がされましたから……声が嗄《か》れていないのが不思議なくらいです」

「ふふ、それは失礼しました。風呂から出たら、軽くなにか食べましょうか。僕も朝からなにも食べていないので」

「え……っ、団長、朝食もとってないんですか？　そんなんでよくあんなに……」

「体力がないと騎士はやってられませんからね。特に僕は遠征《えんせい》も多いですし」

「それはそうと……あの、さっきから乳首を弄《いじ》り回すの、やめてください……」

そう、ジェラールは湯船に浸《つ》かったときからずっとシルフィーナの乳首を指で捏《こ》ねていたのだ。

「いいじゃありませんか。可愛いから、つい弄《いじ》りたくなっちゃうんです」

「もう！　リラックスできないからだめですっ」

耐えかねたシルフィーナは、ジェラールの手を思い切りつねった。

「痛っ！　今、手加減しませんでしたね？」

「団長のいやらしい手には、これくらいしないと駄目なんです」

キッパリと言い切るシルフィーナ。

「まあ、いいです。あとでたくさん弄《いじ》りますから」

言いながらシルフィーナのお腹に腕を回し、そっと抱きしめる。

それから風呂を済ませた二人は軽く食事をとり、ふたたびベッドの上にいた。

「あの、団長。騎士団への連絡はどうなっているんでしょうか。一日中団長に抱かれていたので、無断欠勤となってしまったわけですが」

「本当に真面目ですね。大丈夫ですよ、君は近くの病院で静養していることになっています。明後日《あさって》まで休みと思っていただければ」

「そうですか、安心しました。無断欠勤など、あってはなりませんから。それと明日には出勤したいので、このまま睡眠をとりたいのですが」

「……なんのために休みを多くとったと思っているんです？」

ジェラールはそっとシルフィーナを押し倒すと、彼女の足の間に体を割り込ませた。

「さあ？　でも私はもう普通に動けるので仕事に支障はありません。早くあいつらを捕まえないと……」

「その必要はありません。先ほど届いた知らせによると、君を襲った二人組は今日の昼過ぎに捕まったそうです」

「え、もう捕まったんですか……早かったですね」
二、三日はかかると踏んでいたシルフィーナにとって、それは朗報だった。
「ええ。ですから君が心配することはなにもありません。というわけで、朝まで愛し合いましょう」

「な……まだ夜になったばかりですよ⁉　それに今日はもう、たくさんしたじゃないですかっ」

「するのが嫌なんですか？　僕のこと好きなんですよね？」

「嫌ではありませんし、好き……ですが……」

まだ自分の気持ちを口に出すことが恥《は》ずかしい彼女は頬を赤く染める。

「もう一回、言ってください」

「……好き、です」

恥《は》ずかしくて堪《たま》らないが、嬉しそうなジェラールを見ていると言わずにはいられない気持ちになった。

「ありがとうございます。僕も君が大好きですよ」

本当に嬉しそうにジェラールが言ってくるので、シルフィーナも思わず微笑んだ。

「じゃあ、朝までよろしくお願いします。人払いもしてあるので心置きなく愛し合えますよ」

「だ、団長……そんなにしたいんですか」

「もちろんです。目の前にこんなに愛おしい女性がいるのに、なにもしないでいるなんて僕には無理です。足腰立たなくなるまで愛《め》でたい気持ちでいっぱいです」

「あ、足腰立たなくなるのは困るのですが」

「大丈夫、僕が全部面倒みてあげますから。さ、覚悟してください。今夜は眠らせるつもりありませんから」

「そ、そんな……んむ……っ」

抗議しようとした唇は、やさしく触れるキスで封じられる。

「たくさん可愛がってあげますね」

そして、その言葉に違《たが》わず、シルフィーナは朝まで一睡もすることができず抱かれ続けたのだった。


翌日。

シルフィーナはジェラールに連れ出される形で、彼女の父親の家に行くこととなった。

「可愛い一人娘が危険な目にあったんです。一報入れておくべきでしょう」

「それはそうですが、別に団長まで出向くことはないのでは。それに騎士になった時点で生死に関わる事態があることも想定しているでしょうし」

「まあ、そう言わず。僕も彼に少しばかり話がありましてね」

ジェラールは眼鏡をくいと指で持ち上げた。

「はあ、そうですか」

（団長がうちの父にどんな用があるというのだろう）

疑問を抱いたまま、シルフィーナはジェラールと共に彼の屋敷をあとにした。

シルフィーナの父親の住む家は、城下町の端にある。通称職人通りと呼ばれる道を抜けた先。家の付近は人通りが少なく静かな場所だ。

白塗りの壁に青い屋根、そこに立つ金色の風見鶏《かざみどり》が目印の、そこそこ大きく立派な家である。

「ここです」

家の前に立ち、シルフィーナはそう告《つ》げた。騎士団の寄宿舎に入ってからは半年に一度くらいしか帰っていない。

トントンと扉を叩くと、すぐに扉がキィと軋《きし》んだ音を立てて開かれた。

「お父さん、久しぶり」

「おお、シルフィーナじゃないか。元気にしてたか」

「はい」

親子は笑顔で挨拶《あいさつ》を交わす。父親であるテオドールはもうすぐ五十歳の中年で、筋肉質で活発な男性だ。城の剣術指南を辞めてから、たくさんもらった報奨金で現在はのんびり隠居暮らしを堪能している。

と、そこで彼女の父親はもう一人の訪問者に目を向ける。

「お前も元気にやってるみたいだな」

「はい。ご無沙汰《ぶさた》しております、師匠」

そう言ってジェラールは頭を下げた。そんなジェラールの言葉にシルフィーナは驚きを隠せない。

（なんか、今、師匠とかいう単語が聞こえた気がする……）

「まさかお前が騎士団長にまでなるとはなぁ、出世したもんだ」

はははと愉快な笑い声が響く。

「え……ちょ、どういうことですか？」

シルフィーナはジェラールと父親を交互に眺め困惑する。

「以前少しお話しした僕の師匠というのが彼ですよ、シルフィーナさん」

「そう、こいつは俺の弟子《でし》だ。驚いたか～？　シルフィーナ」

ジェラールは微笑み、父親は楽しそうに笑った。

「……！」

シルフィーナは驚きのあまり絶句する。その反応を見て、ジェラールがくすりと笑う。

「やはり僕のことを話していなかったんですね、師匠も人が悪い」

「こんな面白いサプライズのネタをそう簡単にばらしてたまるか！　うちの娘は真面目で素直だから、驚かすのが楽しい」

（ナニコレ。なんだこれ。なにこの父親。信じられない）

「ほら見てみろー、やっぱり、思い切り騙《だま》されたって顔してるぞ。わかりやすいなぁ、お前は」

ぽんぽんと父親に頭を撫《な》でられる。しかしシルフィーナは硬直したままだ。

そんな二人の顔を、ジェラールはしみじみとした顔で交互に見ている。

「親子なのにまったく性格似てませんね」

「シルフィーナは母親似だからな。まあ、突っ立ってないで二人とも入れ」

「はい、失礼します。ほら、シルフィーナさん。入りますよ」

呆然《ぼうぜん》としているシルフィーナの手を引きながら、ジェラールは部屋に入る。

数分後、腰かけた二人の前にお茶が出された。

「それで用件はなんだ？」

「実は先日ある事件が起きまして。それに師匠のお嬢さんが巻き込まれたんです」

「なんだと。そいつは穏やかじゃないな」

父親——テオドールの表情が引き締まる。一人娘が身の危険に晒《さら》されたとあっては当然の反応かもしれない。娘が騎士になったときからそれなりの覚悟があるとはいえ、彼は妻の忘れ形見を大事に思っている。

「犯人はすでに騎士団のほうで捕らえて、今は地下牢に繋いであります」

「シルフィーナを襲ったのはどんな奴らだ。普通の事件なら、わざわざお前が俺のところに来ないだろう」

「ええ。さすがに察しがいいですね。シルフィーナさんを襲ったのは、過去に師匠が正義のもと、裁《さば》いた男たちでした。主犯格の男は右手首の先が義手で、盗みを専門としていた賊《ぞく》です。隣国で牢に入れられていたようですが、脱獄してこちらに来たということでした」

「ふむ、そいつはホストルだな。鍵いらずのホストル。俺がまだ若い頃、公爵家の護衛の任に就いていた頃の話だ」

「はい。ホストルはずっと逆恨《さかうら》みしていて、師匠に報復するつもりだったそうです」

ジェラールの言葉を聞き、テオドールは顎《あご》に手を当てる。

「なるほど、おおかた俺が一番苦痛を受ける方法を選んだってとこか」

「はい、ご明察の通りです。ホストルはシルフィーナさんを湖畔《こはん》に呼び出し薬で動きを封じ、小屋に火を放ちました。運よく僕が間に合ったので、大事《だいじ》には至りませんでしたが」

「……」

人のあとを追いかけてきたくせに、と思ったがシルフィーナはあえて口を閉ざした。理由はどうあれ、ジェラールに助けられたのは事実だからだ。

「そうか……。娘を助けてくれてありがとうな、ジェラール。まったくお前は、よくできた弟子《でし》だよ。今後も似たような事件が起きないとも限らない。そのときはまた娘を守ってやってくれ」

「はい、もちろんです」

ジェラールはお任せくださいと微笑んだ。次にテオドールは娘に視線を移す。

「お父さんのせいで怖い目にあわせてすまなかったな。火がトラウマのお前には辛かっただろう」

「……でもこうやって無事だったから、いいんだ。それにお父さんは罪人を捕らえるために剣を振るったんだ。私はそれを誇りに思う」

だからお父さんが負い目を感じることはない、とシルフィーナは微笑んだ。

「シルフィーナあああああっ！　ああ、なんて可愛いんだ、お前は」

感極まった様子のテオドールは、自分の娘を思い切り抱きしめる。

「うわっ、お、お父さん！　人前で恥《は》ずかしいっ。やめろっ！」

「久々に会ったんだから、これくらいさせなさい」

ぐぬぬぬ、とシルフィーナは自由になるほうの手でテオドールの顎《あご》を上に押し、体を離そうとする。だが、そう簡単に離してはくれない。

「いやぁ、愛されてますねぇ。シルフィーナさんは」

親子のふれあいを、にこにこと見守るジェラール。助け舟を出してくれる気はないようだ。

「団長、助けてください！　もうっ、お父さんの馬鹿！　いい年こいて、くっつくのはやめろっ！」

「シルフィーナ～……はぁ、ますます亡くなった母さんに似て、綺麗《きれい》になったな」

「……お母さんのこと、まだ愛してる？」

「当然だ」

シルフィーナの問いに、テオドールは一瞬の迷いもなく即答する。

「しょうがないから、もう少しじっとしててやる……」

「ああ……」

それから十分ほどして、ようやくシルフィーナは解放された。

しばらく他愛のない会話をし、一段落したところで、テオドールがぽつりと呟く。

「で、お前たち、いつからデキてるんだ？」

予想外の爆弾発言に、シルフィーナは頭が真っ白になってしまった。

（なんで⁉　どうして⁉　私が団長とそういう仲などと、ほんの一ミリも伝えていないのに！　まさか団長が話したのか⁉　でも、私の気持ちを伝えたのは昨日なのに、情報が早すぎないか⁉）

シルフィーナは、ついジェラールを疑ってしまう。

「いやぁ、わかっちゃいましたか。さすが師匠、目ざといですねぇ」

どうやらジェラールも、まだこのことを伝えていなかったようだ。それはそうと、顔面蒼白《そうはく》なシルフィーナとは対照的に、ジェラールはまったくいつもと変わらない。

「わかるに決まってんだろうが。久々に会った娘が女の顔になってりゃあな……」

愚痴《ぐち》る父親には、少しだけ哀愁《あいしゅう》が漂って見える。

「そのことで師匠にご相談があるのですが、お時間よろしいですか」

「しょうがねぇな……シルフィーナ、お前はちょっとその辺を散歩してこい」

「へ？　別に私は散歩など……」

「ではシルフィーナさん、用事を頼まれてください」

ジェラールはメモに、さらさらとなにか書いて彼女に渡す。

「これらの発注をお願いします」

「はあ、事態がよく呑み込めませんが、行ってきます」

そうしてシルフィーナはちょっとした用事を頼まれ実家を出ていくのだった。


ジェラールから手渡されたメモには、ひと通り用事が済んだらお菓子の一つでも食べてから戻ってこいと記されていた。

というわけで職人通りの店をあちこち移動し、用事を済ませたシルフィーナだ。

しかし、なぜお遣いを頼まれたのかわからず、すっきりしない気持ちのままクレープ待ちの列に並んでいる。

「はい、カスタードと生クリームたっぷりのクレープお待ちどおさん！」

ようやくシルフィーナの番がきて、代金と引き換えにクレープを受け取る。甘い香りに、気持ちが穏やかになる。

少し歩いて川にかかる橋の上に移動すると吹きぬける風が心地よく、午後の日差しも柔《やわ》らかだ。もぐもぐとクレープを頬張っていると、若い娘たちの弾《はず》む声が耳に入ってくる。

「ねえねえ、聞いた？　騎士団長のジェラール様が、また危険な魔物を倒したそうよ」

「本当に強くてカッコよくて素敵なお方ね～。お嫁さんにしてくれないかしら」

「すごいわよねぇ、孤児から騎士団長にまでなるなんて。それにめちゃくちゃ美声だし。あの声で囁《ささや》かれでもしたら、腰が砕けちゃいそう！　きゃー！」

娘たちは頬を紅潮《こうちょう》させながらシルフィーナの横を通り過ぎていく。

（……腰は、まあ砕けるかもしれないな……）

そう思いながらジェラールとの情事を思い出し、シルフィーナは顔を熱くする。

朝まで眠らせないと言われた日は散々だった。外に出しますと言っておきながら、結局眠りに落ちるまで彼は中に精を注《そそ》ぎ続け、繋がったまま一度も抜くこともなく眠ったのだ。そのせいでいまだに彼のものが自分の中にあるような感覚に陥《おちい》ってしまう。翌朝起きたときに、口移しで避妊薬を飲ませてくれたので、それはよかったが。

「私のこと好き過ぎだろう……」

（はぁ……団長の熱いものに貫かれたい……………………）

はたと我に返り、ブンブンと頭を左右に振る。

（――いやあぁぁぁっ！　な、な、なんてことを私は考えているんだ！　違う！　違う！　これはなにかの間違いだ……今、一瞬寝ぼけただけだ！　そうに違いない！）

「はあ……どうかしている……」

クレープを食べ終わると、活《かつ》を入れようと両頬をパンと叩く。

「しっかりしろ！」

そう自分に言い聞かせ、シルフィーナはふたたび実家に向けて歩き出した。

そこから十分ほどで家につき、彼女は玄関の扉を数回ノックする。

「シルフィーナか、入ってこい」

部屋の中から父親のテオドールの声がして、彼女は中へ入る。

「おかえりなさい、シルフィーナさん」

ジェラールはなにやらえらく上機嫌だ。

「では師匠、そういうことで一つよろしくお願いします」

「ああ、わかった。シルフィーナを抱き壊すんじゃねぇぞ」

「まあ、できる範囲で気をつけます」

ジェラールは立ち上がると、そっとシルフィーナを抱き寄せる。

「シルフィーナ、こいつに苛《いじ》められたらいつでも俺のところに戻ってきていいからな」

「……はい？」

話が見えないシルフィーナは小首を傾げる。

「さて、話は済みましたし、おいとましますか」

「なにを話してたんですか？」

「秘密です」

シルフィーナの問いに、ジェラールは笑顔でそう答えた。

「まあ悪いようにはしませんから、お気になさらず」

「じゃあな、シルフィーナ。また時々顔見せに来いよ」

「はい、お父さんも無理しないように」

「わかってるよ」

「それでは失礼します」

一礼したジェラールと共に、シルフィーナは久々に訪れた実家をあとにするのだった。

二人並んで騎士団を目指し歩いていく。

「まさか父が団長の師匠だったなんて、思いもよりませんでした」

そこでシルフィーナは以前聞いたジェラールの言葉を思い出し微笑む。確か彼は最高の師匠だと言っていた。なぜかそれが無性《むしょう》に嬉しいシルフィーナだ。

「隠すつもりはなかったのですが、言う機会がなくてすみません。前に僕が、あなたの剣捌《けんさば》きは知人とよく似ている、と言ったのを覚えていますか？　あれはあなたの父君のことですよ。やはり親子は似るもんだなと思ったものです」

彼の言う『前』とは、シルフィーナが彼と共にパスタを食べ、ニイス湖畔《こはん》に呼び出されたメモを受け取った夜のことを指している。

そのとき、シルフィーナは彼にあることを聞いた。

──あの日、サフラ並木をジェラールと二人、目的もなく歩きながら、シルフィーナは口を開いた。

『……あの、団長』

『なんですか？』

シルフィーナは前から気になっていたことを、おずおずと尋ねてみる。

『どうして私なんですか。団長には私でなく、もっと綺麗《きれい》で女性らしい人が、もっと相応《ふさわ》しい人がいるんじゃないですか？』

『はて、なにをもって僕に相応《ふさわ》しいだとか言うんでしょうねぇ？　オードリックを好きだった君には、もうわかっているはずですよ』

『え？』

『君はオードリックが自分に相応《ふさわ》しいから好きになったのですか？　そうではないでしょう』

『はい……』

(そうだった。オードリック様を好きになったのは、自分では到底不釣り合いと思いつつも、その勇敢さや優秀さに憧《あこが》れたことがはじまりだった)

『人が人を好きになるのに理由も資格もいりませんよ。僕が君を好きになったきっかけならありますが、聞きたいですか?』

ジェラールに微笑まれ、シルフィーナは素直に頷いた。

『あれは君が僕の騎士団に来て間もない頃です。討伐から戻った僕は、その日やっと新人たちの稽古《けいこ》を見に行くことが叶いました。そこに一人、女性が交ざっていて少し驚きました。それが君だったんです。とはいえ、それだけだったら、そう印象にも残らなかったでしょう。女騎士は他にもいますからね』

『はい』

『僕がさらに君が気になったのは、その剣の扱い方が知り合いによく似ていたからです。直後に師匠から手紙が届き、どうりでと。それ以降なにかと君のことが気になりだしましてね……しばらくの間は眺めているだけで十分だったんですが、人間というものは欲深いもので。そのうち見ているだけでは飽き足らず、触れたくなってしまったんです』

そう穏やかに話すジェラールを見ていると、シルフィーナの胸が切なく疼《うず》く。締めつけられるようでいて焦《こ》がれるような、甘さも含む疼《うず》きだ。

なぜか泣きたい気持ちになってきて、シルフィーナは唇を噛み締める。

（どうして、こんなに胸が苦しいんだ……。私は……私は団長なんか好きじゃない、好きじゃないはずなんだ）

『どうしたんです、そんな泣きそうな顔をして』

『いえ、大したことはありませんので』

自分の顔を覗《のぞ》き込もうとするジェラールを、シルフィーナは手を上げて制止する。そのとき、彼の頭上にちょこんと乗っているサフラの花びらが目に入る。

『団長、頭にサフラの花びらが乗っかってます』

『おや』

軽く頭を左右に振るが、ジェラールの少し癖のある髪に絡まり、花びらは取れない。

『じっとしててください』

そうお願いして、彼の髪に絡まった花びらを取り除いてやった。

『取れました……なんですか、その笑みは』

満面の笑みを浮かべているジェラールを見て、シルフィーナはなにかよからぬことが起きるのではないかと警戒する。

『いえ……初めて君のほうから僕に触れてきたなと』

——その日の夜は、なぜジェラールが触れられただけで笑顔になったのかわからなかった。しかし今はよくわかる。

好きな人に触れられると、それだけで幸せな気分になるのだ。

シルフィーナがこのことを理解できるようになったのは、自分がジェラールを好きだとちゃんと認めたからだ。

彼女の中で長く続いていた葛藤《かっとう》は、『好きだけど、好きじゃない』という相反する想いゆえだった。心と頭で思うことが違っていたのが、苦しみの原因だった。

「なるほど、そういうことでしたか」

(私の剣はそんなに父と似ているのだろうか)

「ああ、それと。もう一つネタばらしをしますと、十年前の火事で君を助けたのも僕ですよ」

なにくわぬ顔でさらりと言われ、シルフィーナは驚きを隠せない。

「なっ……！　や、やっぱり団長だったんじゃないですか！　どうして本当のことを教えてくれなかったんですかっ」

「過去の自分に対する嫉妬《しっと》、ですかね」

落ち着いた声で、ジェラールはそう答えた。

「……は？」

「だって癪《しゃく》じゃないですか。僕が君の初恋の相手だとわかり、それで僕に対する態度が急に好意的になったりしたら。そういうものに囚《とら》われず、今の僕をちゃんと好きになってほしかったので」

そう言ってジェラールは、ふわりと微笑んだ。

そしてそのやさしい笑みに、不覚にもときめいてしまうシルフィーナだった。

（だからあんなに私の口から好きだと聞きたかったのか……。ああ……もう。本当にこの人はずるい……。そんなことを言われたら、ますます好きになってしまうじゃないか）

第四章　素直な心で

1　身も心も溶けて

「はぁ……」

ジェラールと二人で父のもとを訪れた数日後。シルフィーナは一人、ジェラールの執務室で報告書の整理をしている。片づいたと思えば新しいものが上がってくるので、一向に減る気配がない。先日発注した荷物が届いていたが、まだ手をつけることができないでいる。

ジェラールは、王都から少し離れた場所へ魔物討伐に赴《おもむ》き、戻ってくるのは明日の朝だ。もう丸二日顔を見ていない。

「早く団長に会いたいな……」

本人を目の前にしては言えない言葉を、シルフィーナは呟く。

近くにいるときは、なにかにつけて触れてきたジェラールの存在がないと、毎日が物足りなくなっていた。

団長とキスしたい。

抱きしめてほしい。

肌を重ねて繋がりたい。

この数日、シルフィーナの頭の中はそんなことでいっぱいだ。以前の自分からは絶対に考えられなかったことだ。

（結局、団長の言う通りになってしまった。こんなに好きになるなんて予想外だった。むしろ最初の頃は好きじゃなかったのに。でも、勝負に負けてキスをしたときから、好きになっていたのかもしれない。団長のキスはいつも心地よくて、愛されてるのが伝わってくるから――）

「今頃気づくなんてな――」

青の秘薬のせいでどうしようもなく体が疼《うず》いて、それから解放されるためにジェラールに抱かれた日のことを思い出す。ことが終わり、リベンジしたいというジェラールの気持ちが当時のシルフィーナには理解できなかった。

――今回抱いてくれたのは、秘薬から私を自由にしてくれるためですよね？　だったらもう、こういう行為は必要ないかと。

——それ、本気で言ってます？

——え、どういうことですか？　好きなだけじゃ、だめなんですか？

今思い返せば、なんとそっけないことを言ってしまったのかと後悔する。好きな相手ともっと深く繋がりたい、触れていたいと思うのは当然だ。しかし、あの当時は、自分の彼に対する好意をわずかに自覚したくらいで、彼の想いの深さには気づいていなかった。こんなに愛して、大切に想ってくれているなんて……

だから彼が帰ってきたら、今度は自分もきちんと本心を伝えよう。そう心に誓うシルフィーナだった。

やがて辺りが薄暗くなり、夕刻の鐘が鳴り響いた。

室内を片づけて執務室を出ようと思っていたところ、扉が開く音がしてシルフィーナはそちらに視線を送る。そして、扉を背にして立つ人物を見て彼女の表情が驚きに変わる。

「団長！　もう帰ってきたんですか。予定では明日の朝だと……」

「シルフィーナ……っ」

ジェラールには彼女の声が聞こえているのかいないのか、その言葉を無視して足早に歩み寄ってくる。彼のまとう鬼気迫る雰囲気に言葉を失っていると、ぐいと後頭部に手を回して引き寄せられ、強引に唇を奪われた。噛み付くような、貪《むさぼ》るような激しいキスに、シルフィーナは呼吸が苦しくなる。ジェラールの熱い吐息にゾクリとし、軽く腰が疼《うず》いた。

しばらくしてお互いの口が離れた頃には、二人とも激しく息を乱していた。

「すみません。今、気持ちが昂《たかぶ》ってまして。めちゃくちゃにされたくなければ、今の僕には近寄らないほうが身のためですよ」

殺気が抜け切っていない彼の眼差しはゾクリとするほど鋭く、ぎらぎらとして色気がある。

肌にかかる熱い吐息に、体の芯がドクンと疼《うず》く。

「だ、団長……」

「魔物討伐に行くと戦闘モードになるので、破壊と性欲の衝動が強いんです……驚かせて、すみませんでした」

はあっ、とジェラールは悩ましげに熱い吐息を吐きだす。体の中心が疼《うず》いてしょうがないようだ。その沸き立つ色気にシルフィーナは魅了され、目が釘付けになる。雄の香りを漂わせるジェラールは、まるで美しい獣のようだ。

ジェラールは欲望を振り切るように、シルフィーナの肩を押して離れ、彼女に背を向けた。

自然とシルフィーナの手がジェラールのほうへ伸びる。彼の背後からそっと両腕を絡め、体を擦《す》り寄せる。広い背中に顔を埋《うず》めると、ほんの二日ぶりだというのに彼の香りが懐かしいと感じる。

（ああ、団長の匂いだ……。ずっとこの背中に抱きつきたいと思ってた。それがやっと叶った）

「シルフィーナ……」

背中越しに、ジェラールの動揺が伝わってくる。無理もない。襲われたくなければ離れていろと忠告されたばかりだ。

だがシルフィーナは彼の予想外の行動を取る。腹部に巻きつけていた腕を、ゆっくりと下へ動かし、やがて彼の一番熱い部分へと到達した。服越しとはいえ、それに触れた瞬間、シルフィーナの手がびくっと震えた。予想していた以上に硬くなっている。それから躊躇《ためら》いながらももう一度触れ、その熱を感じて堪《たま》らなくなり撫《な》でていく。

「……っ、こ、こんなになってるのに、我慢、できるんですか？」

恥《は》ずかしくて堪《たま》らないのに、離れられない。

「こちらへ」

突然ジェラールに、ぐいっと強く腕を引かれた。

その動きは、ちょっと乱暴で、彼の余裕のなさを物語っているようで少しだけ嬉しくなる。

シルフィーナの手を取ったジェラールは、仮眠室へ行きパタンと扉を閉める。

「ふう……僕は、警告しましたからね。あとから泣いて懇願《こんがん》しても、やめてあげられませんよ」

「そんなの今更じゃないですか……初めてのとき、一体何回私を抱いたと……っ」

「君も言うようになりましたね。わかりました、では遠慮なくいただくとしましょう」

彼はもどかしそうに服を脱ぎ捨てながら、シルフィーナをベッドに押し倒す。とにかく早く彼女を貪《むさぼ》りたくて堪《たま》らないといった様子だ。

上着のボタンを外されながら、今からこの人に抱かれるのだと思ったら、シルフィーナの秘所はみるみる潤《うるお》った。

騎士服の上着のボタンがすべて外されブラウスが現れる。ジェラールは焦《じ》れったそうに下着ごとブラウスを押し上げ、シルフィーナの胸を露出させる。白く柔《やわ》らかな彼女の乳房が、ぷるんと零れ出る。

「……っん」

恥《は》ずかしさのあまり一瞬胸を覆《おお》い隠そうとしたシルフィーナだったが、胸元から手を離す。

「そんなに煽《あお》られると、僕も歯止めが利かなくなる……」

熱い吐息を零しながら、ジェラールは上着をすべて脱ぎ捨て、痛いほどに張り詰めた下半身を服から解放する。

程よくついたバランスのいい胸筋や腹筋、引き締まったウエストが目の前に晒《さら》された。今からこの彫刻のような美しい体に抱かれ、激しく攻め立てられるのだと思うと、シルフィーナのお腹の奥がドクンと強く疼《うず》く。

さらにジェラールの張り詰めたものから先走りの液が滴《したた》るのを確認した途端、彼女の秘所からも熱い蜜が溢《あふ》れてしまう。

欲しくて欲しくて堪《たま》らない。すぐにでもその熱く昂《たかぶ》ったものを、自分の中に突き立ててほしい。もどかしさのあまり、シルフィーナの目尻から涙が零れ落ちた。

「ジェラール、あなたが、欲しい……っ」

「痛っ……容赦ないですね……」

シルフィーナの一言でさらに煽《あお》られ、ジェラールの剛直はより張り詰め軽い痛みさえ伴ったようだ。彼は苦笑しながら、シルフィーナの下肢を覆《おお》う服をすべて脱がせ、ベッドの下へ投げ捨てる。それから彼女の体をやさしく押し開き、秘所を露《あら》わにさせる。その途端《とたん》、新たな蜜がとろりと溢《あふ》れ出てきた。

「もう、どろどろですねぇ……」

目の前の淫花は濡れ過ぎるほどに濡れて、濃厚な雌の香りを漂わせる。ジェラールは興奮した様子でごくりと唾を呑み込むと、彼女の秘所に顔を埋《うず》め、濡れた花弁をねっとりと舐《な》め上げる。

「ああっ」

ひと舐《な》めされただけでシルフィーナの腰が跳ねる。それを熱い瞳で見つめながらジェラールは何度も花弁を舐《な》め上げ、やがて秘裂につぷ、とその舌を侵入させる。時折じゅる、と卑猥《ひわい》な音を響かせながら蜜を吸われ、中をゆっくりと舌で舐《な》め回されて、腰がガクガクと震えた。

「はあっ、は……っん……」

彼は一旦顔を離し、濡れた秘所に指を潜《もぐ》り込ませる。もうこれ以上の愛撫は不要だと言わんばかりに、中は潤《うる》み、蕩《とろ》けきっている。

「これなら入れても大丈夫そうですね」

「早く、痛くしてもいいから……っ、はやく……」

ズクズクと中が熱く疼《うず》いて、シルフィーナはぽろぽろと涙を零して懇願《こんがん》する。

「あっ、はあああぁ……ぁ……あつ、い……」

いきなり自分の中に捻《ね》じ込まれた灼熱《しゃくねつ》の楔《くさび》に、ビクンと全身が震える。舌や指とは比べ物にならないほどの圧迫感が、自分の中を満たしていくのがわかる。

シルフィーナは、そっとジェラールの首に両腕を絡めてしがみつく。自分の希望を叶えてくれた彼が愛おしくて堪《たま》らない。

「嬉しい……ここ数日、ずっとあなたが欲しくて欲しくて……どうにかなりそうだった……」

「……う……っ、君って人は……また……」

そう呻《うめ》いた次の瞬間、痛いほどに張り詰めていたジェラールの欲望は、彼女の中で弾《はじ》けてしまった。

「あぁ……私の中に……、もっと、もっと注《そそ》いでください……あなたのすべてが、欲しいんだ」

「ああ、もう……そんな殺し文句を吐かれたら、本当に君を抱き壊してしまいそうです」

ジェラールはゆるく腰を揺らしながら、シルフィーナのこめかみにやさしいキスを落とす。次いで頬、そして耳朶《みみたぶ》へと続くキスに、シルフィーナはうっとりと瞳を閉じた。

もうジェラールのことが愛おしくて愛おしくて堪《たま》らなくなっていた。ここまで一人の男に心奪われるとは思ってもいなかった。

「あぁ……ジェラール……ジェラール」

体の隙間がないほど密着して揺さぶられていると、性的快感の奥から愛しさが込み上げてきて名前を呼ばずにはいられない。

(愛しい者の名を口にするのは、こんなにも満ち足りた気分になるものなんだな……。この人以外、もう、なにもいらない……欲しくない)

「はい。いくらでも僕の名を呼んでください、シルフィーナ……僕の愛しいお姫さま」

ジェラールは心底嬉しそうに頬を擦《す》り寄せると、一旦動くのをやめた。

「ジェラール？」

「僕だけ翻弄《ほんろう》されるのは不本意です」

にっこり微笑み、シルフィーナをやさしく見守り、じっとし続ける。

「……っ、いやだ、動いてください……くぅ……、焦《じ》らす、な……」

動きを止められたことで、快感が中に集中する。すると、どうしようもなく熱く切なく強い疼《うず》きが襲ってきて、目に涙がたまっていく。

「あっ……はぁ……ジェラール、お願い……ジェラールぅ……っ」

目の前で艶《あで》やかに焦《じ》れるシルフィーナを、ジェラールはうっとりと見つめる。その間にも彼女の内襞がきゅうきゅうと切なげに、ジェラールの熱の塊《かたまり》を締めつける。

「……っ、シルフィーナ……」

「んぅ……っ」

ジェラールは今すぐにでも動き出したいのを我慢するかのように、激しくキスをする。必死に達しそうなのを我慢しているからか、彼のキスは性急で荒々しい。だが逆にそれが余裕のなさを感じさせ、シルフィーナは興奮した。互いを貪《むさぼ》るような激しいキスが繰り返され、二人はもうただの雄と雌になっていた。

ジェラールがふたたび腰を揺らし始め、その律動は一気に激しいものになっていく。お互いの体を、ひたすら求め合う。

「あっ、あっ、あっ、あっ、はぁん……奥、きもちい……あぁ……っ、もっと、もっと……」

焦《じ》らされた分、奥を突かれるたびに歓喜の声が上がる。あまりの快感に、シルフィーナは涙を零しながら腰を揺らす。両足をジェラールの腰にきつく絡め、時折腰をびくびくと震わせる。

「はぁ……っ、シルフィーナ……堪《たま》らない、な……っ」

ジェラールは心地よさそうに眉根を寄せる。肌は汗ばみ、揺れた衝撃で落ちた汗がシーツに染みを作っていく。

律動がさらに速さを増し、シルフィーナの爪先《つまさき》がぎゅっと丸くなる。

「ジェラール、も、ダメ……く、くる……っ」

熱く繋がった部分から、何度も何度も泣きたくなるほど強烈な快感が背筋を駆け上がってくる。そして今にも腰から下が溶けてしまいそうな感覚に囚《とら》われる。

「一緒に……っ」

「ジェラール、ジェラール……あ、あああぁあぁ……っ」

「シル、フィーナ……っ」

そして二人はお互いの名前を呼びながら、同時に快楽の極みに達したのだった。

「ふう……」

シルフィーナの中に精をすべて注《そそ》ぎ込んだジェラールは、そのまま彼女を抱きしめながら倒れ込む。

「はぁ、はぁ……っん……」

シルフィーナはまだ、ジェラールの腕の中で必死に息を整えているところだ。真横で息を整える彼女の顔を、ジェラールは幸せそうに見守る。彼は汗で顔に張り付いた髪をよけ、そっと頭を撫《な》でてくれた。

「ジェラール」

息が整うと、シルフィーナも自分の隣にあるジェラールの顔を見つめる。

「やっと君から名前を呼んでもらえた……」

ジェラールは大輪の薔薇《ばら》がほころぶように、それはそれは艶《あで》やかな笑みを浮かべる。

（……この人は、男の人なのになんて綺麗《きれい》に笑うんだろう。こんなのずるい。ドキドキして、もっと好きになってしまう。騎士としても優秀で、私がこの人に勝てることなんてなに一つないんだ。ずるい、本当にずるい）

「あなたはずるい……」

思わず本音が口をついて出た。

「え？　僕のなにがずるいと言うんです」

「だって、綺麗《きれい》で強くて、なんでもできて……私はあなたに勝てるところがなに一つない。しかも……私ばかりジェラールを好きになって、こんなのはずるい」

少しむくれて言うシルフィーナを見て、ジェラールはあははっと声を上げて笑った。

「お馬鹿さんですねぇ。それは君が自分を知らないからですよ。僕は君にだけは敵《かな》わないというのに……ふふ」

「……そういう自分だけ訳知り顔なところとか、ほんとずるいと思います」

「安心してください、僕は君にベタ惚れですから。日々君の可愛さに惚れてますよ、今もね」

春の陽だまりのような笑みを浮かべたジェラールは、シルフィーナの唇にやさしいキスを降らせた。

そのあともう一度愛し合った二人は、やがて帰る運びとなった。

「では団長、また明日」

「名前で呼んでくれるんじゃなかったんですか？」

「二人のとき以外は団長で……」

人前で彼の名を呼ぶのは、まだ恥《は》ずかしいシルフィーナである。

「そうですか。ああ、君の帰る所は今日から僕の屋敷です」

「へ？」

（いきなりなにを言っているのだ、この人は）

「以前からずっとそうしたいと思っていたんです。僕の可愛い恋人を、こんな狼の巣窟《そうくつ》である騎士団の寄宿舎に、いつまでも置いておくなんてできません」

「は？」

「さ、一緒に帰りましょう。荷物は後日運ばせますから」

とん、と背中を押され、執務室から出るシルフィーナ。そのあとにジェラールが続く。

「え、あの……」

「ほらほら、さっさと歩く！」

「は、はあ」

わけもわからぬままジェラールに促《うなが》されて歩を進め、ニイス湖畔《こはん》近くの彼の屋敷に着いてしまった。

「ただいま」

以前と同じようにジェラールは屋敷の扉をくぐると帰宅の挨拶《あいさつ》をする。

「おかえりなさいませ、旦那様。シルフィーナ様」

これまた以前お世話になった小太りの侍女が出てきて、二人を迎え入れる。

（いや、ちょっと待て。いきなり来たのに、なぜ私も当たり前のように迎えられてるんだ？）

「荷物の整理は済んでますか？」

「はい、部屋の仕度も整っております」

そう答える侍女は、とても嬉しそうだ。

「この短期間に無理を言ってすみませんねぇ。お陰で助かりました」

「いえいえ、こういうことなら喜んでいたしますとも！　このたびはご婚約おめでとうございます。旦那様、シルフィーナ様」

「まあ、こういうわけでして」

と、シルフィーナを振り返り、にっこり微笑むジェラール。

「な……こ、婚約？」

（え、なに。ちょっと待って。婚約⁉　こっ、婚約って、あの婚約か？　結婚を誓い合った男女がするという）

「えっ、えええええええーっ⁉」

「ふふ、そんなに驚かなくとも」

（いや、普通驚くだろう！　した覚えもないのに、いきなり婚約って……！）

「まあ、旦那様、まだお話しになってなかったんですか」

「びっくりさせようと思いまして」

「さようですか、ふふふ」

侍女とジェラールは二人仲良く笑いあった。

「どういうことか、ちゃんと説明してください」

一緒に夕食をとりながら、シルフィーナはジェラールを見据える。なんの説明もないまま、婚約しましたでは、こちらとしても納得がいかない。

「僕と婚約したの、嫌なんですか？」

「嫌とかそういうことではなく、どうして婚約なんてことになってるんですか」

「君と結婚したいからですけど」

「だから、そういうことじゃなくて……！　どうして勝手に婚約しちゃってるんですか！　私はあなたと婚約した覚えが一切ないのですがっ」

「まあ、そうでしょうねぇ。でもちゃんと結納も済ませましたし……あ、今日のスープ美味《おい》しいですねぇ」

ジェラールはいつもと変わらずのほほんとした様子で、食事を進める。

「結納って、一体いつですか⁉　そもそも、最近そんな時間も暇もなかったと思いますけど」

「師匠、君の父君に会いに行った日ですよ。君にお遣いを頼んでいる間に、ちゃちゃっと済ませました」

そう言うジェラールの話では、次のようなものだったという。

シルフィーナが部屋を出ていって、しばらく沈黙が流れたあと。

『……娘に手ぇだしやがって』

先に口を開いたのはテオドールだ。

『ふふ、そういじけないでくださいよ。世界一幸せにしますから』

『けっ、そんなの当たり前だ。だが、まあ……お前以上の相手もいないだろう。団長とあらばモテるだろうし、断った縁談の数もさぞ多いことだろうな。お前の武勇伝は、途切れることなく耳に入ってくる』

テオドールの言葉に、ジェラールはただ微笑んでみせる。

『娘がお前を受け入れたんだ、俺から言うことはなにもねぇよ。泣かせるようなことがあれば、命に代えても取り返しに行くけどな』

『承知しました。ですが無用の心配です。僕が彼女を啼《な》かせるのはベッドの上だけですから』

『っ、この野郎、言ってくれるじゃねーか』

テオドールは思わず苦笑する。

『自慢の娘と弟子《でし》が一緒になれば、師匠も安心でしょう？』

『ほんと食えねぇ男だな、お前は』

『いえいえ、それほどでも』

『ガキの頃はまだ可愛げがあったものを……なんでこんなふうに育っちまったんだか』

『お言葉を返すようですが、今の僕に多大な影響を与えたのは師匠ですから。これでも感謝しているんですよ。七歳の頃、師匠と出会ってから約十年。剣のこともそれ以外も、あなたから教わった多くが、とても貴重でした』

――ジェラールは元々孤児で、当時住んでいた孤児院が師匠の屋敷の近くにあった。

ある日、森の中で出会った師匠と弟子《でし》は、それから約十年共に過ごすこととなる。

当時、流れの剣士として様々な大会に出場し、その報奨金で生計を立てていたテオドールは瞬時に、ジェラールの非凡な剣の才能を見抜いた。

ジェラールがただの子供であったなら、特に気にかけることもなかった。しかし幼いジェラールはひとたび剣を握れば、その辺の兵士をはるかに上回る実力を持っていたのである。すぐにテオドールは、その力の正しい使い方を教え込んだ。

毎日のように二人で決めた秘密の訓練場所に集まり、テオドールは剣だけでなく世渡りの仕方なども教えた。そのときテオドールは、天才的な剣の才能を持つジェラールが悪に手を染めることを危惧していたらしい。だから自分を悪いことに利用しようとする輩《やから》を見抜く術や、人並みはずれた力だからこそ多くの人を救うために使うべきだと教育したという。

己が強い分、他者にやさしくあれ。多くの命を救え。そう教え込んだのだ。

そして十年経つ頃には、ジェラールはいい意味で隙のない少年に成長した。悪意のある人間を見抜く目は非常に練磨《れんま》されているが、身にまとう雰囲気は穏やかそのもの。そしてジェラールは、師匠と相談した結果、騎士団に入ることにした。

それから数日後の、騎士団入団前夜。荷物をまとめるのに手間取ったジェラールは、頭上に輝く満月の光を頼りに、王城を目指し歩いていた。すると深夜だというのにやけに明るい光が、少年だったジェラールの目に飛び込んできた。次の瞬間、彼は荷物を投げ捨て、走り出す。明るいのは炎が燃え盛っているからだとわかったからだ。そしてその炎の立ち上《のぼ》る先は、彼の師匠の屋敷だった。

恩人である師匠の身になにかあっては大変だと、それはもう息を切らして駆けぬけた。屋敷に着くと、すでに何人かの使用人が避難していた。その中に師の姿を見つけて、ジェラールはほっとした。

しかし青ざめている師匠を目の当《ま》たりにし、何事かと尋ねると娘が見つからないと焦っていた。それで師匠と弟子《でし》は、燃え盛る炎の中、シルフィーナを探して屋敷を駆け回る。ジェラールは廊下を走りながら、手当たり次第に扉を開けていく。するととある一室で、恐怖に固まり泣いている子供を見つけた。そこまではよかったが、部屋に飛び込んだ瞬間、天井が崩れ落ちてきた。

とはいえジェラールにとって、これは慌てる必要もない障害だった。左右の腰に差した剣を引き抜き、舞うように天井を切り刻む。バラバラになった天井は、二人を避《よ》けるように床に降り注《そそ》いだ。その後は、泣いて気を失った子供——シルフィーナを抱きかかえ素早く屋敷から脱出したというわけだ。

『あの十年前の火事の日、シルフィーナさんを救うことができたのも日頃の師匠の教えのお陰ですから』

いくら腕があってもそれを活かす心構えがなければ、冷静に対応できなかっただろう。ほんの些細《ささい》なことで動揺しているようでは間に合わないこともある。

『って、昔話をしに来たわけじゃねぇんだろ。そろそろ本題に入れよ、ジェラール?』

『はい。察しのよい師匠を持つと楽ですね』

くすりと微笑むジェラールと対照的に、師であるテオドールは渋い表情をした。

「それで、『娘さんをください』と言ったわけです」

この間、父の家を訪問したこと、そして十年前の火事のことを語り終えたジェラールは、のんびりした口調でそう言い、締めくくった。話の最後を、やけに端折《はしょ》っていた気がする。この場において、父が結婚を認めたというくだりは、今、一番大切なところじゃなかろうか。

「なっ、なんてことを……私の意思は無視ですか」

のけ者にされたと思うと、自然と視線が恨《うら》みがましいものになる。

「だって君は断らないでしょう？」

「そっ、それは、そうですが……」

シルフィーナの表情は晴れない。

「どうしても、一日でも早く君と一緒になりたかったので。僕たちが婚約していると周知しておけば、いつでも職務中にいちゃつけますからね」

「だからって……そんな、勝手に……」

（私だって当事者なのだから、一言相談してくれてもいいじゃないか……）

「すみません。独断で行動したのは悪かったと思います。堂々と君を手元に置いておく理由が欲しかったんです。君を誰にも取られたくないので」

それからジェラールは、小さな声でごにょごにょと「事件後の成り行きとはいえ肌を重ねることができて、ますます手放せなくなって……」とか、「事件のことを理由に、君と一緒に師匠のところへ行けば、事がスムーズに運ぶなど……」とかなんとか話し続けた。

シルフィーナがあっけにとられてなにも言えないでいると、「僕は騎士としての仕事ぶりを認められて、国から公爵の位を与えられています！　たくさんの領地も治めていて経済的に安定していますし、優良物件ですよ！」と、よくわからないアピールまでしだした。

シルフィーナは、今までに見たことがないような彼の態度に驚きを隠せない。

「僕は周りから、肝が据わってる、動じないなどと言われることも多いですが、あれこれ小細工しないと愛する女性にプロポーズもできない小心者なんです」

「……小心者？」

（腹黒の間違いではなかろうか……）

そう思うシルフィーナだったが、口にするとあとが大変な気がしたので黙っていることにする。

「こんな僕に、幻滅しましたか？」

先に食事をとり終えたジェラールは頬杖《ほおづえ》をつき、シルフィーナを見つめる。

「いえ、そんなことは。でも……次になにか大事なことを決めるときは、私にも一声かけてほしいです」

「わかりました。僕にとって一番恐ろしいのは、君に嫌われることですから」

そう言ってジェラールは少し寂しげな笑みを浮かべる。

「なに言ってるんですか。私が団長を嫌いになるわけないじゃないですか」

ようやく最後のひと口を食べ終えたシルフィーナはさらりとそう口にし、グラスに注がれた水を飲む。

「……本当に君は……参った。参りました」

ジェラールの目元が、わずかに赤く染まる。

「なにが……？」

なにが参ったなのかわからないシルフィーナは、首を傾げる。

「旦那様は愛されてますね……わたくしも嬉しゅうございます」

傍に控えていた侍女が、そう呟いた。

食事が終わるとシルフィーナは新しい部屋に案内された。

「ひと通りの衣服なんかは揃えてあります。あと足りないのは君の寄宿舎に置いてある私物くらいですかね」

通された部屋は、なんだか新しい香りがした。白い壁に囲まれていて、窓際には木製の品のいいテーブル、そしてクローゼットの傍に鏡台がある。ベッドには新品のシーツが使われ、部屋の中央辺りにソファとテーブルのセットが置いてある。清潔感溢《あふ》れる素敵な部屋だ。

「あ、猫のぬいぐるみ」

ベッドの真ん中にちょこんと置いてある、黒い子猫のぬいぐるみを見つけて手に取る。

「気に入りましたか？」

「はい。猫は好きです」

猫のぬいぐるみを眺めていると、背後から腹部に腕を回され、ジェラールにそっと抱きしめられる。

「もう少しゆっくりしたら、一緒にお風呂に入りましょうか」

「いいですけど……あんまり激しくしないでください」

恥《は》ずかしくておずおずとそう告《つ》げると、ジェラールは小さく笑った。

「わかりました。約束はしかねますが、綺麗《きれい》に洗ってあげますね」

「可能なら純粋に体だけ綺麗《きれい》にしてほしいです……」

（きっと団長のことだから、普通に体を洗うだけでは済まないんだろうな……わかって

る、わかってるとも）

「善処します」

そう答えるジェラールの声には、明らかな含み笑いが混じっていた。

数刻後、部屋に備えつけの風呂に湯がたまった。湯船には薔薇《ばら》の花弁が浮いている。

「さ、シルフィーナ。僕の前に座ってください。背中側から洗ってあげます」

泡立てたボディタオルを手にしたジェラールが、風呂用の椅子のうしろに膝を折って待っている。

「はい……」

少し警戒しつつ、シルフィーナは椅子に座る。すると数回湯を肩からかけられ、背中を柔《やわ》らかなボディタオルでやさしく洗われる。背中を洗われる感触が心地よく、少し緊張していたシルフィーナの体から余分な力が抜けていく。

「どうです、気持ちいいですか？」

「はい、とても。誰かに背中を洗ってもらえるのって、なんだか心地いいですね」

「それはよかった。はい、今度は前を洗いますよ」

背中側を洗い終えたジェラールが前に移動してきて、シルフィーナの首から肩、そして胸と洗っていく。胸を洗われると声が出そうになったが、我慢できた。両腕を洗われ、次に鳩尾《みぞおち》から腹部にかけてボディタオルが移動していき、シルフィーナの足の付け根に達する。

「少し足を開いてもらえます？」

返事をするのが恥《は》ずかしくて、こくりと頷く。それを確認するとジェラールは、シルフィーナの秘所をそっとボディタオルで撫《な》でるように洗う。

「……っ」

いやらしいことをしているわけではないのに、お腹の奥が熱を持ち始め、秘所が潤《うるお》ってしまう。ジェラールはそれに気づいているだろうに口にせず、そのまま太腿《ふともも》、膝、足首、足の指先まで洗っていく。すべて洗い終えたあとは、お湯で流す。

「はい、次は僕を洗ってください」

そう言うと彼は、シルフィーナに背を向けて椅子に座る。広く逞《たくま》しく、綺麗《きれい》に筋肉がついた背中がシルフィーナの眼前に広がる。

「はい、わかりました」

シルフィーナはジェラールの肩からお湯をかける。お湯が肩から肩甲骨《けんこうこつ》を伝い腰まで流れていく様子が、なんとも艶《なま》めかしい。

（触れたい……）

そう思ったときには自分の手を、ジェラールの背中に、ぺたりと置いていた。そのまま肉付きを確かめるように背中に手を滑らせる。

「ジェラール」

――もう我慢できなくなっていた。彼の名を口にし、その背中に思い切り抱きつく。柔《やわ》らかな胸を押し当てる形になり、体が密着する。重なった肌からお互いの温もりが伝わってきて、安心感と共に胸の鼓動が高鳴っていく。

「欲情、しちゃったんですか？」

穏やかな声でジェラールに問いかけられると、シルフィーナはこくりと頷いた。この広い背中に触れているだけで、彼に抱かれている気持ちになる。

「どうしよう……私は淫乱になってしまったのかもしれない。あなたに触れたくて堪《たま》らないんだ……」

恥《は》ずかしくて堪《たま》らなくて消え入るような声になり、最後はもうあまり聞き取れなかったと思う。ジェラールはそんな彼女の様子に、くすりと笑う。

「そうですか、じゃあ僕と一緒ですねぇ。僕も君に欲情しちゃっているので」

「そう、ですか……よかった……」

「……っ」

ジェラールは笑いを噛み殺すのに必死な様子だ。

「ジェラール？」

「いえ、なんでもありません。あとでたっぷり可愛がってあげますから、今は体を洗ってもらっていいですか？」

「わ、わかった」

頬を熱くしたシルフィーナは、泡立てたボディタオルでジェラールの背中を洗い始める。広く大きな背中は洗いがいがあり、頼もしく感じる。しなやかな筋肉のついた肩や腕、指先まで洗うとジェラールの前に移動する。

「……っ……」

すでに張り詰めて上を向いた彼の剛直を目の当《ま》たりにして、思わず息を呑む。ジェラールはそんな自分の様子を楽しそうに観察している。

シルフィーナは、たどたどしい手つきで首から洗い始める。逞《たくま》しい胸や引き締まった腹筋に流れ落ちる泡が、やけに淫《みだ》らに見えてしまう。

「どうしました、手が止まっていますよ？」

「す、すみませんっ」

ジェラールの言葉で我に返ったシルフィーナは、慌てて体を洗い始める。足の付け根まで洗うと、そのまま太腿《ふともも》から足の指先まで洗い終える。そして、残るはジェラールの体の中心だけになった。

「ここもちゃんと洗ってください」

「は、はい……」

初めて間近で見る雄の象徴に、シルフィーナは驚きを隠せない。行為の最中は快感に浸《ひた》っていたため、それ自体をじっくり見たことがなかったのだ。恐る恐るボディタオルでちょん、と触れると押し返される感覚があった。

「そう怖がらずとも、噛み付いたりしませんよ。触ってみますか？」

「いいんですか？」

「もちろんです。むしろ触ってくれたほうが僕は嬉しいです」

「……っはぁ……っ」

いつも自分の中を熱く貫くものに今から触れるのだと思うと、妙にドキドキしてきて胸が壊れそうなほどだ。

「やさしく握ってください」

おずおずと手を伸ばし、硬く張り詰めたものをそっと握ってみる。その瞬間、さらに硬さが増した気がした。手の中のジェラール自身がとても熱くドクドクと脈打っているのがわかり、シルフィーナは頬を熱くした。

「こんなすごいものが私の中に入ってたんですね……」

触れているだけなのに、妙に興奮して自分の秘所から熱い蜜が零れるのを感じた。

（恥《は》ずかしい……触れただけでこんなに……。早く洗って終わらせよう）

シルフィーナはそっと手を離すと、目の前のジェラール自身をやさしく洗い、お湯をかけ体中《からだじゅう》の泡を流していく。

「洗い終わりました」

「はい、ありがとうございます。では、ゆったり浸《つ》かるとしましょうか」

薔薇《ばら》の花弁が浮かぶ湯に、ジェラールは身を沈める。それからどうぞとシルフィーナを促《うなが》し、招き入れる。しかしシルフィーナは恥《は》ずかしくて堪《たま》らず、ジェラールから離れ浴槽の隅っこに身を沈めた。

「そんな隅っこじゃなくて、こちらへいらっしゃい」

「でっ、でも……」

「なにを今更恥《は》ずかしがることがあるんです。ほら、こっちにおいで、シルフィーナ」

ジェラールにやさしく微笑みかけられると、もう駄目だった。自然と体が彼のほうへ引き寄せられ、自分からジェラールに抱きついた。

「ジェラール……キス、したい」

「はい、よろこんで」

ジェラールはシルフィーナの背中に腕を回し抱き返しながら微笑むと、彼女の唇を受け入れる。シルフィーナはうっとりし、ジェラールの唇をはむはむと何度も甘噛みする。温かなお湯と触れ合う肌の温もりが気持ちよくて夢見心地になってくる。そのうちジェラールの手がやさしく背中を撫《な》で、包み込むように彼女のお尻を両手で掴《つか》む。そのままやさしくお尻を揉まれていると、お腹の奥が熱を持ち甘く疼《うず》き始める。

「んっ……」

シルフィーナは自分の下腹部をジェラールの腹に擦《こす》りつけた。すると、すでに硬く張り詰めていたジェラールの昂《たかぶ》ったものがシルフィーナの下腹に埋まり、彼女の喉から小さな喘《あえ》ぎが漏れた。

「ジェラール、あなたのここは……お湯より全然熱いんだな……ぁ……はぁ……」

「ずいぶんといやらしいことを、してくれるようになりましたねぇ……はぁ……君の柔《やわ》らかな肌が僕を包み込んで……ん……天国にいるようです」

お互い触れ合っている部分が気持ちよくて、二人は抱き合いながらうっとりと、その感触を味わう。もっと彼の熱を感じようと、無意識にシルフィーナの腰が上下に動き始める。

「あぁ……もどかしい……中に、欲しい……」

「シルフィーナ、なんていやらしくて可愛いんだ……でも今はこれで我慢してください」

「やん……ふ、あぁ……あぁぁ……」

つぷ、と秘裂を割ってジェラールの指が侵入してきた。その指は、ゆっくりと彼女の中を掻き回す。すでに快感が高まっている彼女の中は、数回掻き回されただけで、ジェラールの指をきゅうきゅうと締めつける。

「こんなに僕の指を締めつけて……でも、ここでは入れてあげません」

「そん、な……ぁ……はぁっ、うぅ……」

もどかしくて堪《たま》らず、シルフィーナはジェラールにぎゅううっとしがみつく。それでも蜜壷の中の指はゆるゆると動くだけで、それ以上なにもしてこない。

「ちゃんと体を温めてから上がりましょう。そしたら続きをしてあげます」

シルフィーナの中から指を引き抜くと、ジェラールはよしよしと彼女の頭を撫《な》でる。

しかしシルフィーナは指を引き抜かれたせいで、中が酷く疼《うず》いて今にも泣きそうだ。

「ジェラール……意地悪、だ……くぅん……っ」

「焦《じ》れている君もすごく可愛いですね。もう少しの辛抱《しんぼう》ですよ。あと五十数えましょうか。はい、五十、四十九、四十八、四十七……」

「んん……っ、ジェラール……」

数えている間も、シルフィーナは疼《うず》きに腰をくねらせる。

「こら、じっとして……二十八、二十七、二十六……」

「はぁ、あ……早、く……」

シルフィーナの目尻から涙が零れ落ちた。

「ああ、可愛いな……もう少しですよ。五、四、三、二、一……はい、では上がりましょうか」

ジェラールはシルフィーナに抱きつかれたまま立ち上がる。

「歩けますか？」

ジェラールの問いに、シルフィーナはこくりと頷く。そして風呂を出て二人は脱衣所へ移動する。

「はい、そこでじっとしててくださいねぇ。拭いてあげますから」

バスタオルを手にしたジェラールは、大人しく言うことを聞いているシルフィーナを丁寧に拭いた。次いで自分の体も拭くと、彼女を横抱きにして寝室へと移動する。

シルフィーナはベッドの上に下ろされると、ジェラールにうつぶせにされ、それから腰をぐいと引き上げられる。顔と胸はシーツについていて、お尻だけ突き出すような体勢だ。

「よく我慢しましたね、ご褒美ですよ」

言葉と共に、シルフィーナの蜜壷にジェラールの灼熱《しゃくねつ》の楔《くさび》が一気に穿《うが》たれた。

「ああああっ、あぁ……は……」

待ち焦《こ》がれていたものがやっと中に入ってきて、シルフィーナの喉から歓喜の声が上がった。自分の中を熱く溶かす、隙間なくみっちりと埋まったジェラールの熱の塊《かたまり》にゾクゾクする。

「満足、しましたか？」

「ん……ま、まだ、だ……ジェラールの精がまだ……はぁ……」

(私の中を埋め尽くすジェラールの熱が、気持ちよくて堪《たま》らない。こんなに熱く脈打ってるくせに、どうしてまだ我慢できるんだ……)

「食いしん坊ですねぇ。ふふ……僕もそろそろ限界なので一気にいきますよ」

ジェラールはぐいと腰を支え直すと、一気に腰の律動を速めていく。その激しさに、ベッドが乾いた音を上げた。

「ああぁっ、あっ、あっ、あっ、あっ、や……あぁ……」

激しい律動で奥を突かれるたびに、声が漏れてしまう。いつ達してもおかしくないシルフィーナの内襞が、きつくジェラール自身を締めつける。

「んっ……すごい、締めつけですねっ……く……」

さらに力強く最奥を穿《うが》たれる。

「や、あぁぁぁぁっ……」

散々焦《じ》らされたシルフィーナはいとも容易《たやす》く達し、悲鳴にも近い嬌声《きょうせい》を上げた。それでもまだ彼女の中はひくひくとジェラールを引き込もうと締めつける。

「は……んっ、シルフィーナ、……くぅ……っ」

さすがにジェラールも限界だったようで、あとを追うように絶頂を迎える。シルフィーナの中に、どくどくと熱い精が注《そそ》ぎ込まれた。

それから数分後、シルフィーナとジェラールは二人並んでベッドに横たわっている。

「あんなに焦《じ》らすことないじゃないですか……」

シルフィーナは、つい恨《うら》みがましい口調でそう言った。

「でも、すごくよかったでしょう？」

シルフィーナの頬に触れながらジェラールが問う。

「……それは、そうですけど……」

（正直、焦《じ》らされた分、気持ちよすぎて意識が飛びかけた。でも悔しいので団長には秘密だ）

「それに僕は、激しくしないでという君の要望に応《こた》えたんですよ」

「う……」

（確かに風呂の中では激しくしなかったし、体も洗ってくれた。だけど、だけど……なんだか無性《むしょう》に悔しい！）

「やっぱりあなたはずるい……私ばかり振り回されている気がする」

「なに馬鹿なこと言ってるんです。僕だって十分振り回されてますよ。そう、勝手に婚約を決めるくらいには」

「……そっか」

「そうです。僕なんて可愛いもんですよ。君の一言で、あっけなくイっちゃったりするんですから」

「そうなんですか？」

「気づいてないとは思っていましたが……そこが君の可愛いところであり、ずるいところでもありますね」

ふふ、とジェラールは幸せそうに微笑んだ。

そうしてふたたび肌を重ね合わせ、恋人たちの夜は甘く熱く蕩《とろ》けていくのだった――

2　最後の賭《か》け

「婚約指輪？」

「はい。今から一緒に選びに行きませんか。仕上がるまでにはひと月ほどかかるでしょうけど」

婚約の話を聞かされた数日後。シルフィーナが仕事を終え帰りの準備をしていると、不意にジェラールから誘われた。シルフィーナは目を瞬《またた》かせる。

「サプライズで用意するのもいいかと思ったんですが、一生に一度のことですから君が気に入るものを贈りたいと思いまして」

「……はい、よ、喜んで」

シルフィーナは心が弾《はず》んだ。普段女性らしい装《よそお》いをするわけではないが、意外と乙女チックな部分があり、お姫さまだとか結婚にはそれなりに憧《あこが》れを抱いている。

騎士団をあとにした二人は、宝石店へ足を運ぶ。一歩、また一歩と歩くたびに店に近づいているのだと思うと、嬉しくて堪《たま》らず、口元に笑みが浮かぶ。

(どうしよう。どうしよう？　すごく嬉しい！　団長とお揃いのエンゲージリングを作ってもらえるんだ)

道中、通行人とすれ違い、慌てて普段の表情に戻る。しかし数分経つとまた口元が綻《ほころ》んでくる。

この国ワイアールでは、婚約すると男女お揃いのペアのエンゲージリングを作るのが一般的だ。

(いけない、しっかりしろ。またいつ通行人とすれ違うか、わからないんだぞ！)

そう必死に自分に言い聞かせ、口元を精一杯引き締めるのだが、どうしてもにやついてしまう。少しでも気を抜くと、うっかりスキップでもしてしまいそうだ。

そんな彼女の様子に気づいているはずのジェラールはなにも言わない。しかし、肩を小刻みに揺らしていることから、必死に笑いをこらえているのが容易《たやす》く想像できる。

やがて二人は宝石店についた。

夕方だからか、他に客はいない。落ち着いた雰囲気の店で、カウンターには店主らしき初老の男がいて、やさしげに微笑んで二人を迎え入れる。

店主に会釈《えしゃく》し、店頭に並ぶ指輪を二人はそれぞれ眺めていく。ふと、数分もしないうちにシルフィーナがある場所で立ち止まった。

「なにかいいのが見つかりましたか？」

「団長……いえ、あの……はい……」

シルフィーナは恥《は》ずかしがりながら答えた。

「どれどれ……これですか？」

シルフィーナが指差した指輪をじっと見つめる。シンプルなデザインで、比較的手頃な品だ。

一見するとただの銀の指輪に見えるが、内側に宝石が埋め込まれている。

「お金に糸目はつけませんよ。もっと高価なものを選んでもいいんですよ？」

「いえ、これがいいです……内側に埋まってる宝石が、その……団長の目と同じ色だから。だ、駄目ですか？」

ジェラールは、そう言ってはにかんだシルフィーナを見て微笑んだものの、彼女の顎《あご》を捕らえようとして、しかし思い留まった様子で手を止めた。

「どうして君はそんなに可愛いんですか……ここが家だったら問答無用で押し倒してますよ。わかりました。では、こちらの指輪をいただきましょうか」

「はい」

「では僕のほうは、君の瞳と同じ色の宝石を埋め込んでもらいましょう」

ジェラールがふわりと微笑みかけるので、シルフィーナは一気に顔が熱くなった。

「いいんですか？　団長が好きな装飾の指輪とかでも私は全然……」

（とは言ったけど、ああ、どうしよう！　お互いの瞳の色の宝石を埋め込んだエンゲージリングなんて、すごくときめくじゃないか！）

シルフィーナは完全に舞い上がってしまっている。自分からダダ漏れる『嬉しくて堪《たま》らないオーラ』が店内を満たす勢いだ。

「ふふ、よほどその指輪が気に入ったんですね。僕は君が嬉しいと思うものなら、どんなものでもいいです」

「お決まりですか？」

店主のやさしい声が二人にかかる。

「はい。こちらの指輪を注文したいのですが。婚約指輪として」

ジェラールが答えると、店主は少し驚いた顔をする。

「……こちらを選ぶとはお目が高いですね。これはかの有名な宝飾職人のミクス・フィクスの作品でございます。当店で一番高価な値をつけようとしたところ、本人に断られましてね……この職人は少し変わり者と業界では有名なのです」

なんでもミクス・フィクスはとても気まぐれで、どの店に作品を置くのか、価格はいくらに設定するのか、すべて気分次第だという。それでも彼の作品が人気なのは、とある噂があるからだ。

ミクスの作品を身に着けたカップルは、末永く幸せに暮らせるという。

真偽のほどは定かではない。だが、それを抜きにしても、彼の腕が超一流であることは間違いない。

「おや、これはいい選択をしましたね。さすが僕の恋人です」

「そんなことがあるんですね、驚きました」

まさか偶然選んだ指輪がそんなにすごい価値があるものだったとは思いもよらず、シルフィーナは少し興奮した。

「ではサイズ合わせをさせていただいてよろしいでしょうか」

店主の言葉に頷く二人。指のサイズを測ったり、書類に書き込んだりといくつかの手続きを済ませると、二人は店を出た。

「団長、ありがとうございます。指輪ができるのが楽しみです」

嬉しくて、シルフィーナの瞳はキラキラと輝く。

「えらく上機嫌ですね？」

「団長とお揃いの物ができたと思うと、嬉しくて……」

言いながらシルフィーナは幸せな笑みを浮かべる。

そういえば自分は少し前まで、怒っているか戸惑っているかという顔ばかりしていた気がする。彼を好きになり、自分はずいぶん変わったと思う。そんなことを考えていたら、ジェラールが微笑んだ。

「他に欲しいものはありますか？」

ジェラールの問いに、シルフィーナはふるふると首を横に振る。

「高価な宝石も嬉しいですが、団長が傍にいてくれるだけで……他に欲しいものなんてないです」

「ああ、もう……僕はこの短時間で君の殺し文句に二回は確実にやられましたよ」

歩みを止めたジェラールは、堪《たま》らなそうにシルフィーナをきつく抱きしめる。

「そうなんですか？」

やっぱりよくわかっていないシルフィーナである。

「早く帰りましょう。今すぐ君を抱きたい……」

熱い眼差しを向けられ、シルフィーナはこくりと頷いた。

その日の夜は、いつにも増して激しかったのは言うまでもない。

――一ヶ月後。

「ちぇー、結局賭《か》けはマーキスの勝ちってことか」

「イエーイ、やったあ！　あとで銅貨一枚くださいねっ」

屋外訓練場でヨアヒムとマーキスは、以前の賭《か》けの話をしていた。

「いまだに信じらんねぇな、あの呑気《のんき》そうな団長に俺たちのシルフィーナが落とされたなんて」

「でもまあ、呑気《のんき》な団長と真面目なシルフィーナさんは結構相性がいいのかもしれませんよ」

「そうなのか？　だがまあ、当事者の私が一番信じられない気持ちでいっぱいだぞ。まさか団長を好きになるなんて、夢にも思わなかったからな」

二人の会話にシルフィーナが加わる。報告書の整理が一段落したので、気分転換に訓練場にやってきたのだ。

「それにしてもお前、ここ最近でずいぶん女っぽくなったな……」

「そうかな？　私自身は以前と変わっていないが」

「まあ、これでこそシルフィーナさんですよ」

相変わらず鈍いですね、と失礼なことを言い添えるマーキスである。

「で、実際団長のどこがそんなによかったんだ？」

ヨアヒムは当たり前といえば当たり前の疑問をシルフィーナに投げかける。

「どこ……どこだろうな？　いつの間にか好きになってたからな……ほんとに、どうして好きになったんだ？」

シルフィーナは、しばし考え込む。

「おいおいシルフィーナ、そりゃないぜ」

思わずヨアヒムは苦笑する。

「だって私にちょっかいを出してくるのを、最初の頃はセクハラだと思っていたし……。団長の呑気《のんき》でドジなところも今は気に入っているし、仕事ぶりも言うことはないし、剣の腕もすごいしな。私のことをとても愛してくれているし、全部まとめて好きなんだと思う」

「ぐっはあ！」

そしてヨアヒムは倒れた。

ベタ惚れじゃねーか！　と叫び、ヨアヒムはＫＯされた。

「あ、ヨアヒムさんが撃沈。シルフィーナさんは団長のことが大好きなんですね～！」

マーキスは倒れたヨアヒムに合掌《がっしょう》しつつ、楽しそうに笑う。

「ああ。嫌いだったら婚約なんてしてないぞ」

（まあ、その婚約も私のいないところで決まっていたわけだが）

勝手に婚約を進めたことに関して、あとから本人は『愛ゆえの可愛い暴走です』と言っていたことをシルフィーナは思い出す。

（団長らしいといえば、団長らしいな）

彼なりに必死だったのだろうと思うと、小さな笑みが零れた。

「あっ、団長が来た」

マーキスの言葉に訓練場の入り口に目をやると、ジェラールがこちらに向かってくるのが見える。

「気分転換に来たのか？」

ジェラールを眺めながら、ぼそりと呟く。彼がこちらへやってくるにつれ、訓練場にいる騎士たちからジェラールへ向けて「婚約おめでとうございます」の声が上がる。

「皆さん、お祝いの言葉をありがとうございます……あたっ」

方々《ほうぼう》から上がる祝福に答えながら歩いていると、ジェラールはなにもないところでつまずき、転びそうになった。

「おい、シルフィーナ。本当にあんなのと一緒になって大丈夫か？」

少し不安そうなヨアヒムが、そっと耳打ちする。

「うーん、まあ、大丈夫なんじゃないか……はは」

さすがにシルフィーナも苦笑してしまう。

「団長、安心してください。誰もシルフィーナさんにちょっかい出してませんから～」

マーキスがにこにこしながら報告する。

「そうですか、それはよかった。皆さん、それぞれ訓練に励んでいるようでなによりです」

ジェラールはそのまま歩き続け、シルフィーナの隣に立つ。

「団長も気分転換ですか？」

シルフィーナが尋ねるとジェラールは首を横に振る。そして、にっこりと微笑んでこう言った。

「いえ、僕は……君に勝負を挑みにきたんです」

「え……」

「えーっ⁉」

シルフィーナをはじめ、近くにいた騎士たちからも驚きの声が上がる。

「おや、また遊んでいるのか、ジェラールは」

騒ぎを聞きつけてやってきたらしいオードリックが、ジェラールに向けてひらひら手を振る。それに気づいたジェラールは薄く笑んだ。

オードリックは壁にもたれて微笑する。

「まったくしょうがないなぁ、君は」

シルフィーナとしては、二人のそんなやりとりに構っている暇はない。ジェラールから突然の申し出を受け、頭は混乱状態だ。

「どうして私が団長と勝負しなきゃならないんですか。団長が勝つとわかってるのに……」

「勝ったら君に言いたいことがあるんです。とても大事なことなので……もちろんハンデをあげますよ、僕は片手だけで戦いますから。僕が三本取る前に、一撃でも入れることができたら君の勝ち。負けたほうは勝ったほうの言うことを一つ聞く。これでどうです？」

（ふむ、これは中々悪くない条件だ。相手は片手な上に、一度でも攻撃が当たればこちらの勝ち。おまけに一つ言うことを聞いてもらえる）

「そういうことなら、受けて立ちます。二刀流でもいいんですね？」

「もちろんです。では始めましょうか。そうですね、お互い武器は木刀で」

「了解です。私が勝ったら、次に団長が赴《おもむ》く魔物討伐に連れていってください」

一瞬わずかに驚いたジェラールだったが、困ったように笑みを浮かべた。

「いいでしょう」

というわけで二人は、ふたたび勝負をすることになった。木刀を手にした二人は、訓練場の真ん中に移動する。

シルフィーナは両手にそれぞれ木刀を構え、ジェラールは片手で木刀を構える。

「宣言します。まずは右肩、次に左の脇腹、最後に右太腿《ふともも》の順で狙いにいきますね。大丈夫、痛くしませんから」

ジェラールはのほほんとしながら告《つ》げると、眼鏡をくいと指で持ち上げる。そして、その指が離れると同時に彼の雰囲気が一変した。

「……っ」

（ほんと、団長のこの切り替えの早さはすごいな。呑まれては駄目だ）

すぐに鋭い一撃がシルフィーナに繰り出される。なんとかそれを木刀で受け流したが、あとコンマ数秒遅ければ顔に当たっていたかもしれない。

（速いッ！）

そのときトン、と肩にジェラールの右手が触れた。

「はい、まずは右肩です」

「しまっ……」

さっきの攻撃はカモフラージュで初めから右肩を狙われていたのだ。寸前で気づき、もう片方の木刀で振り払おうとしたが、一足遅かった。

「実践なら右肩が折れているか、剣が貫通しているかでしょうね」

いつの間に移動したのか、耳元で声がしてジェラールに背後を取られたのだとわかる。

「こ、の……っ」

あえて振り向かず木刀だけをうしろに振るが、さらりと躱《かわ》される。

「いい判断です。そこで振り向いていれば、僕が胴を真っぷたつに切断していたでしょう」

「こっ、怖いこと言わないでくださいっ」

シルフィーナはうしろに跳躍《ちょうやく》し、距離を取る。味方でいる分には心強いが、敵に回せば厄介《やっかい》でしかない。

「オオオオオオッ！」

いつの間にか観衆が集まり、二人の高度な攻防に盛り上がっている。

（次に団長が狙ってくるのは左の脇腹か……）

シルフィーナは目の前のジェラールを見据えながら隙を窺《うかが》う。が、悔しいほどに隙がない。これでは、どこを攻めていいのかわからない。

舞うような動きで間髪《かんはつ》いれず二刀を繰り出すが、躱《かわ》されるばかりでちっとも当たらない。

「……いきますよ」

とても勝負の最中とは思えない穏やかな声でジェラールは言った。こちらへ向けて真っ直ぐ踏み込んでくる。

（ここで引いたら、騎士じゃない！）

シルフィーナも負けじと踏み込み、下から抉《えぐ》るような一撃を繰り出す。

（躱《かわ》されるのは想定済みだ。ここから、一気に振り下ろす！　次にもう片方で横になぎ払う！）

彼女の攻撃を避《よ》けようと、よろめくジェラール。確実にシルフィーナの一撃が入ったと誰もが思った。

ガッと木刀同士のぶつかる鈍い音が辺りに響く。シルフィーナが放った一撃は、驚くべきことに木刀の刀身ではなく柄《つか》の根元、つまり木刀の柄《つか》の底の部分だけで受け止められていたのだ。

「な……っ」

（こんな小さな部分で受け止めたというのか⁉）

「驚いてる暇はありませんよ？」

ふたたびジェラールの右手がトン、と今度はシルフィーナの左脇腹に触れた。

「くっ」

慌てて追加の攻撃を繰り出すも、ひらりと跳躍《ちょうやく》され空振りに終わる。

「僕の攻撃は、あとは右の太腿《ふともも》を残すのみですねぇ」

（ああ、やっぱり団長は強い。とてつもなく強い。悔しいけれど嬉しくて堪《たま》らない。自分の婚約者がこんなに強い男だということと、その強い相手と木刀を交えていることが。尊敬できる強い相手と闘えるのは、騎士としてこの上なく光栄なこと）

「はああっ！」

ジェラールと闘えることが嬉しくて、シルフィーナの腕が鳴る。観客たちがどよめくほどの高速の攻撃が繰り出される。だがジェラールはそれをものともせず、わずかな所作で、すべて躱《かわ》している。

「また腕を上げましたね」

ジェラールは、にっこりと微笑んだ。

「ふっ！」

ほんの少しであるが彼の体がぐらついたのがわかり、シルフィーナはその隙をここぞとばかり突く。

（よし！　捕らえたっ！）

その達成感に一瞬笑顔になりかけたが、すぐにそれは驚愕《きょうがく》に変わる。

鋭い突きをお見舞いできたと思ったのに、信じられないほど手応《てごた》えがない。

「あー。ジェラールの誘いに乗っちゃったなあ、シルフィーナ。経験の差がでたな」

オードリックが楽しげに呟く。彼にだけはジェラールがぐらついてみせたのが、わざとだとわかっていたらしい。

「ふふ、惜しかったですねぇ。はい、これで最後です」

くすくす笑いながらジェラールは彼女の右太腿《ふともも》を軽くトン、と叩く――

いや、正確には叩こうとした。だが、ジェラールの手が太腿《ふともも》に触れようとしたそのとき、シルフィーナが彼の名を呼んだ。

「ジェラール」

「な、ん……!?」

とっさのことに思わず口を開いてしまったジェラールに、わずかな隙が生じた。普段人前では決して役職名以外では自分を呼ぼうとしないシルフィーナが、こんなにギャラリーが大勢いる前で名を呼んだのだ。

しかも、呼び捨てで。

そのわずかな動揺を観察しつつ、シルフィーナはジェラールの頬に口づける。これにはさすがの彼も驚きを隠せない。

(いける!)

そう確信したら、自然と口元に笑みが浮かぶ。

そして、間髪《かんはつ》いれず容赦なく彼の鳩尾《みぞおち》に剣の柄《つか》を深く突き立てた。シルフィーナの勝利確定の瞬間である。

その場に一瞬の静寂が訪れ――次に歓声が上がる。

「ウオオオオオオッ!」

二人の素晴らしい勝負に、興奮冷めやらぬ声があちこちから沸き起こる。

「シルフィーナが団長に勝ったぞおおおおお!」

「団長やっぱ強えー!」

「俺はシルフィーナに叩きのめされたいッ」

「団長、俺を抱いてください!」

「いいぞ、二人共ー!」

歓声に混じってなにか変なことを口走る者もいるが、とにかく勝敗は決した。

「私だって日々成長しているんだ。いつまでも初心《うぶ》だと思うなよ」

くの字に体を折り曲げたジェラールは、わずかに眉根を寄せた。惚れた女にめっぽう弱い騎士団長は、ついに一撃もらってしまった。

「……いたた……、まさかこうくるとは」

ジェラールに抱きしめられ、シルフィーナは狼狽《うろた》える。

「ふえっ!?」

(思い切り食らわせてやったのに、なんで倒れないんだ!?)

「勝負は君の勝ちです。約束通り次の討伐に連れていくことにしましょう。ふふ……」

負けて悔しがるどころか、ジェラールに浮かぶのは紛れもない笑みだ。

「は、放してください。皆見てる！」

「いいじゃありませんか、見せつけてやれば。僕の名を呼んでくれたということは、そういうことでしょう？　その上、頬にキスまでしてくれて……嬉しいなあ」

「違う！　馬鹿！　放せッ！」

どうにも人前でいちゃつくことに抵抗があるシルフィーナは、びくともしないジェラールの腕の中でもがく。

「照れちゃって、可愛いですねぇ。もっと恥《は》ずかしいこともしているというのに」

「言うな!!」

恥《は》ずかしさが頂点に達したシルフィーナは、もう全身が熱い。とにかく隙を突いて逃げなくてはと必死に考えを巡らせた結果、意を決してああいう行動をとったわけで、決して人前でおおっぴらにいちゃつくためにしたわけではない。

(我ながら姑息《こそく》な手段だとは思ったが、こんなことになるなんて。一刻も早くこの状況から解放されたい!)

「ああ、ますます君が好きになりました。剣の腕だけでなく女性としても、日々成長しているんですねぇ」

ぎゅうぎゅうと、さらに力強く抱きしめられる。

「く、苦しい……っ」

(なにか、なにか別の話題を振らなければ絞め殺される!)

息苦しさに耐えながら別の話題を考えていると、ちょうどいい疑問が浮かぶ。ジェラールはこの勝負に勝ったら言いたいことがあると言っていた。今更ながらシルフィーナはそのことが気になった。

(団長が勝負までして私に言いたかった大事なこととはなんなのだろう? これだけ観

客がいる前で、いやらしいお願いは言ってこないよな？）

「団長が私に言いたい大事なことって、なんですか？」

期待半分、不安半分が入り混じった微妙な気持ちで質問する。

「あれ、もう名前で呼んでくれないんですか？」

あからさまにがっかりした様子で、聞き返すジェラールだ。それと同時に腕の力が緩み解放された。

「それはもういいっ！　……団長が勝ったら言いたかったことを聞きたいんですが」

「本当は勝って言いたかったのですが……そんなに聞きたいですか？」

「そりゃあ、こんな勝負まで持ちかけられたら、気になります」

ドキドキしながらジェラールを見つめていると、彼は床に木刀を置いた。そのままゆっくりと腰を落とし片膝を床につき、そっとシルフィーナの両手を包み込む。珍しく緊張しているのか、ジェラールの手がひんやりと感じられる。

それからシルフィーナを見つめ、ゆったりと深呼吸を繰り返す。

彼は神妙な面持《おもも》ちで、なにか覚悟を決めたように見えた。真っ直ぐな青い瞳がシルフィーナをじっと見据える。

そして彼の口から、とても……とても神聖とも言える言葉が紡がれる。

「シルフィーナ、僕と結婚してください」

「……え？」

（今、なんて……ケッコンシテクダサイ？）

シルフィーナの手から、握っていた木刀が乾いた音を立てて床に落ちた。

一気に訓練場がしん、と静まり返る。

その場にいる全員の視線が二人に注《そそ》がれ、事の成り行きを固唾《かたず》を呑んで見守っている。

（け、けっこん……ケッコン……結婚ー!?）

瞬時にシルフィーナの顔が熱くなり、心臓がドクドクと暴れ馬のように暴走する。

体中《からだじゅう》の血が沸騰《ふっとう》しそうな勢いだ。

「ぁ……はぁ、はぁ……」

あまりのことに動揺して呼吸が乱れてしまう。なぜか周囲から、ごくりと生唾《なまつば》を呑む音がした。

「大丈夫ですか、息を大きく吸ってください」

ジェラールに言われた通り、シルフィーナは息を吸う。つられて他の騎士たち数人も同じことをする。

数回深呼吸を繰り返すと徐々に気持ちが収まってきた。

「ふう……」

ジェラールは彼女の両手をそっと包み込み、穏やかな声と笑みを浮かべ、もう一度口にする。

「僕と、結婚してくれますか？」

「……はい」

今なお暴走しようとする心臓に静まれと念じながら、シルフィーナはそう答えた。

あまりにも激しい鼓動の息苦しさと、プロポーズの嬉しさで、彼女の瞳は涙で潤《うる》んでいる。

シルフィーナの返事を聞くと、ジェラールはいっそう笑顔になる。そして騎士服のポケットから、なにかを取り出す。

「これがなんだかわかりますか？」

絹のハンカチに包んであるものを手のひらに載せて尋ねる。

「いえ、なんでしょう？」

ジェラールはにっこりと微笑み、そっとハンカチを開く。すると中から現れたのは、お揃いの指輪だ。

「あ！　これって……あのときの」

「はい。昨日完成したと連絡があったので、取りに行ってきました。……左手を出してください」

「はい」

シルフィーナは震える声でそう言い、そっと左手を差し出す。ジェラールの指に握られた指輪が、ゆっくりとシルフィーナの薬指にはめられていく。

その光景を眺めながら、シルフィーナの胸は感動に打ち震える。

（ああ、どうしよう。すごく嬉しい……天にも昇《のぼ》る気持ちとは、こういうのを言うんだろうな……）

「僕の指にも、はめてもらえますか？」

「はい、喜んで」

ハンカチの上の指輪を指で掴《つか》むと、差し出されたジェラールの左手の薬指にそれをはめていく。

（ああ……この人を愛しいと思う気持ちが、あとからあとから溢《あふ》れてきて止まらない。私はなんて幸せなんだろう……あなたが好き。大好き。愛してる）

指輪をはめ終えると立ち上がったジェラールに、胸に顔を押しつけるように抱きしめられる。

「人前でそんな可愛い顔、しないでください。僕だけのものなんですから」

そして耳元でジェラールにそう囁《ささや》かれ、シルフィーナは頼もしい腕の中でくすりと笑った。

「うわー！　プロポーズだーっ！　やりますねぇ、団長」

二人の様子を観察していたマーキスが、やや興奮気味に口にした。

「まじかよ、団長。やってくれるぜ」

周囲から惜しみない祝福と拍手が贈られる。

「でも団長、どうして今プロポーズを？」

「君にきちんと申し込めていなかったので、ちゃんと言いたかったんです」

「そうですか」

そんなジェラールの気持ちが嬉しくて、胸の中が温かくなってくる。

「君に黙って話を進めてしまいましたし、こういう大事なことはきちんと言葉にして伝えておかないとと思ったんです」

「そう、ですね……すごく嬉しいです」

シルフィーナは本当に嬉しくて、サフラの花が綻《ほころ》ぶような笑みを浮かべた。

それから数刻後。

ようやく人だかりが消え、訓練場に残っているのはシルフィーナとジェラールのみとなった。

「どうしてわざわざ勝負なんて……」

したんですか？　と、シルフィーナが問う。するとジェラールはこう答える。

「僕は小心者ですからね。後押しが必要だったんですよ」

なにしろ一世一代のプロポーズだ。正式にそれを申し込むには決心が必要だった。この勝負に勝ったら、プロポーズすると自分を追い込んだのだという。

「可愛いと思いませんか？」

「か、可愛い？」

（なにをどう受け取れば、あの行動が可愛いに行き着くんだ？　勝つことを前提に考えてる時点で、腹黒いとしか思えない。しかも、訓練場なんて他の人がいる場所を選んだのは、外堀を埋めて断れなくするためのような気がする）

昼間のプロポーズ騒ぎのお陰で、城で人に出会うたびに祝福をされて業務が滞《とどこお》り、二人が帰宅の途についたのは日が暮れてからだった。

「すっかり暗くなっちゃいましたねぇ。もう月が出てますよ」

そう言いながらジェラールは、のんびりと夜空を見上げている。

「そうですね。でも、色んな人に祝福されて悪い気はしなかったです」

「それはよかった。結婚式はすごいことになりそうですねぇ〜、あははは」

隣でくったくなく笑うジェラールを、シルフィーナは愛情たっぷりに見つめる。

「ジェラール」

シルフィーナは愛しい人の名を口にして、そっと彼の腕に自分の手を絡めて寄り添う。

「どうしたんです、君から擦《す》り寄ってくるなんて」

「なんだか今すごく、こうしたくなったんだ……あなたの隣は居心地がいい」

敬語が外れ、素の自分が出てきている。

「今すぐベッドに行きましょう」

「いや、なんでそうなるんだ？」

「君が可愛すぎるからです。欲情しました。責任とってください」

「な……っ！　……食事と風呂を済ませたあとなら、いい……」

驚いたものの、頬を熱くしながらそう答えた。

「やっぱり君は質《たち》が悪い……」

ジェラールは切ない吐息を漏らす。

「え？」

「いえ、なんでもありません。ちゃっちゃと食事と風呂を済ませましょう」

すぐにいつもの呑気《のんき》な顔に戻ったジェラールは、帰宅するとすぐさま食卓へシルフィーナを誘導したのだった。

食事を取り風呂から上がった頃にはすっかり夜が更けていて、近くの森から梟《ふくろう》の鳴き声が聞こえてくる。

シルフィーナとジェラールはベッドに横になり、窓から夜空を眺めている。部屋にある風呂を出てそのままベッドにきたので、服は身に着けていない。

「雲が流れて時々見える月が綺麗《きれい》ですね」

「満天の星空が見えなくて残念じゃないですか？」

「いえ、ちっとも。月に照らされて光る雲もその影も、なんだか幻想的で好きです」

「そうですか。君は割とロマンチックなんですね」

背中にジェラールの温もりを感じながら、綺麗《きれい》な夜空を眺めることができてシルフィーナはうっとりしている。時折梳《す》くように髪を撫《な》でる彼のやさしい手が、とても心地いい。

「自分ではよくわかりませんが、ジェラールがそう言うのならそうかもしれません」

「君は綺麗《きれい》なものが好きなんですね。心が素直だからでしょうかね」

「……っ、わかりません」

耳元で囁《ささや》かれ、ゾクリと腰が疼《うず》く。

「そういえば、そろそろニイス湖畔《こはん》の蓮《はす》が綺麗《きれい》な季節です。今度二人で見に行きましょうか」

シルフィーナの耳朶《みみたぶ》に唇を触れさせたまま、ジェラールは話し続ける。

「はい、見に行きたい、です……っん」

耳朶《みみたぶ》を甘噛みされ、小さな喘《あえ》ぎがシルフィーナの口をついて出る。いつの間にか背後から回された手が胸に伸び、ゆっくりと柔《やわ》らかな乳房を揉んでいる。

「あ……だ、団長、ひぁっ」

「二人きりのときは、名前で呼んでくれるんじゃなかったんですか？」

ジェラールの指がシルフィーナの胸の頂《いただき》を戒《いまし》めるようにきつく摘まんだ。

「す、すみません、つい癖で……ジェラール、痛い」

名を口にすると、あっさり彼は力を抜いた。

「ふふ、いいことを思いつきましたよ。ちゃんと名前で呼ぶのが定着するまで寝かせてあげません」

「そんな！」

初めて彼に抱かれた日のことを思い出し、シルフィーナは内心焦る。

「いいじゃありませんか、幸い明日は休みですし……たっぷり可愛がってあげますね」

「ジェラールの意地悪」

「どこが意地悪なんですか、可愛い恋人に名前で呼んでほしいだけじゃないですか」

胸を揉んだまま、飴玉《あめだま》を舐《な》めるように耳朶《みみたぶ》を舐《な》められると、シルフィーナの体に甘い痺《しび》れが走り、ビクリと腰が震えた。

(耳元で囁《ささや》かれるだけでも腰が砕けそうになるのに、こんなふうにされたら……。もう私の体はこの人に触れられるだけで、濡れるようになってしまった。そして、この人のものじゃないと、きっと満足できない。私の奥深いところが彼の形を完全に覚えてしまっている)

甘く切ない快感に浸《ひた》っていると、ふとお尻の辺りに自分のものではない熱を感じ取り、シルフィーナは頬を熱くする。位置からして、それがジェラールの雄の象徴なのは明白だ。

「……っ、ジェラール……わ、私のお尻に当たって……」

「ええ、君があまりにも魅力的だからこうなるんですよ。こちらを向いて触れてくれると、とても嬉しいのですが」

そう告《つ》げるジェラールの声はいつものように穏やかだが、言外《げんがい》に含まれる熱はダイレクトにシルフィーナに伝わった。

「ん……わかった……」

直接ジェラールの剛直に触れるのは、一緒に風呂に入ったとき以来だ。シルフィーナはドキドキしながら体を反転させ対面する。そして恥《は》ずかしいながらも、そっと手を伸ばし、すでに硬くなっている彼自身に触れた。

「……っはぁ……」

触れられるだけで気持ちいいのか、ジェラールの口から吐息が漏れた。軽く握っただけなのに硬さと熱が増した気がする。ジェラールは堪《たま》らなそうにシルフィーナの肩口に顔を埋《うず》め、そこを吸う。

「先っぽを指の腹でやさしく撫《な》でてくれませんか」

「はい……こう、ですか……あ、なんか……」

ぬるぬるしたものが出てきた。彼女が困惑していると、ジェラールはくすりと笑う。

「それを全体に広げるようにして……そう、滑りがよくなったでしょう？　そのままやさしく扱《しご》いてください」

「はい」

ジェラールに言われるままゆるゆると手を上下させると、ますます彼の雄の象徴は硬く熱くなり、いやらしい水音が立つ。

「あぁ……シルフィーナ……」

そう言って自分を見上げてくるジェラールは男とは思えないほど色気が漂い、視線が合うとゾクゾクする。熱く潤《うる》んだ瞳の奥に情欲の炎が見え、ほんのり上気した肌がやけに色っぽい。さらに自分を呼ぶ甘い声が、耳から体を震わせ一番深いところを疼《うず》かせる。

「ジェラール、そんな目で見ないで……恥《は》ずかしい……」

「それは無理な相談ですね。僕のものに触れながら恥《は》ずかしそうにしている君は、今すぐ達してしまいそうなくらい扇情的《せんじょうてき》で……すごく可愛い」

そう言いながらジェラールの手がシルフィーナの下肢に伸び、その真ん中にある淫花にそっと触れる。奥まで指を滑らせると、くちゅりと音がして彼の指を濡らした。

「ああっ」

「僕のものに触れて興奮しちゃったんですか？　君のいやらしい部分も、こんなに濡れて……はぁ、入れたい……もっと、奥まで入りたい」

指先で浅いところをかき混ぜられるたび、蜜壷からとろりと熱い蜜が溢《あふ》れてくる。夜《よ》毎《ご》十分《と》すぎるほどに愛されたそこは、いとも容易《たやす》くジェラールの指を呑み込む。そして彼女の感じる部分を探り当てた指が、そこを撫《な》で回すように刺激する。シルフィーナの腰がびくびくと揺れた。

「あっ、や……っ……そこ、きもち、い……っ」

「わかりますよ、もう僕の指を締めつけようとしてますし……それに僕のを触る君の手が、さっきからずっと止まってる」

中を弄《いじ》りながら、ジェラールが少し意地悪く笑う。

「あっ、あぁん、くぅ、ん……あぁぁ……」

指が動くたびに快感が強く押し寄せ、シルフィーナは軽く達してしまった。

「腰を震わせて、そんなによかったんですか？　なら今日はずっと指でしましょうか」

「やだっ、なんでそんな意地悪を言うんだ……ジェラールのじゃないと、嫌だ……」

軽く達したシルフィーナの蜜壷は、さらなる快感を求めて熱く切ない疼《うず》きを強くする。焦《じ》れて焦《じ》れて堪《たま》らず、目尻に涙がたまっていく。

「そんな可愛いことを言って、どれだけ僕を煽《あお》れば気が済むんですか君は……君に欲しいと言われたら、僕が拒否できるわけなんてないんですから」

「……え？」

「それだけ僕が君に溺れているということです」

ジェラールはシルフィーナの頬にそっと口づけてから、彼女の体をやさしく押し開く。濡れた淫花が月の光に照らされて淫靡《いんび》な光を反射する。

「ん……」

体を開かれ、いよいよ彼の熱いものが入ってくると思うと、シルフィーナの中がますます強い疼《うず》きを訴えてくる。ジェラールの指が熟れた果実のように真っ赤な花弁を開くと、中からとろりと新たに蜜が零れ出た。その蜜の香りが、部屋中に満ちる。

彼のはち切れんばかりに昂《たかぶ》った熱いものを蜜口にあてがわれただけで、くちゅっと卑《ひ》猥《わい》な音が立つ。そしてそのまま焦《じ》らすように数回撫《な》でられると、もどかしさにシルフィーナの口から催促する言葉が漏れる。

「あぁん、はっ、はや、く……」

大した刺激ではないにもかかわらず、シルフィーナの腰がビク、と反応する。薔薇色《ばらいろ》に染まった頬に、上気して汗ばむ肌、潤《うる》んだ瞳と唇がなんとも艶《なま》めかしい。

自然とねだる視線を向けてしまったところ、ジェラールの青い瞳が熱く潤《うる》む。

――欲しくて欲しくて堪《たま》らない。

ジェラールは熱い息を吐き出すと、彼女の腰を抱えるように抱き寄せ、ゆっくりと己の凶悪な熱源を蜜壷に沈めていく。

「あぁ、はあぁあぁ……あん……」

自分の中にゆっくりと入ってくるジェラールの熱い塊《かたまり》が気持ちよくて堪《たま》らず、嬌声《きょうせい》が上がる。焼けつくような熱さが中を満たすと共に、心も満たされるようだ。

（ジェラール、ジェラール。あなたが好き。大好き。愛してる。私をめちゃくちゃにしてほしい。足腰立たなくなるまで貪《むさぼ》られたい）

快感に耐えながらも精一杯受け入れたくて、シルフィーナはジェラールの首にきつく両腕を絡め、腰も深く繋がるように両足を絡める。もう一ミリの隙間もなく彼とぴったりとくっついていたいと思った。

「シルフィーナ……はぁ、そんなにきつく締めつけられたら……」

「ジェラール、きもち、いいのか……？」

「当たり前です。今にも果ててしまいそうですよ、僕は……」

困り顔でそう言われたので、シルフィーナは胸がいっぱいになった。

「そうか、よかった……あっ、わ、私も、すごく、いい……っ、気持ち、よすぎて……んく……っ」

まだゆるゆると腰を揺さぶられているだけなのに、神経が焼き切れてしまうのではないかというくらいに気持ちいい。快感の涙が、ぽろぽろと零れ落ちていく。

腰を揺さぶられ続けていると、快感がどんどん強くなり、時々シルフィーナの腰がガクガクと震える。

「君のすべてから気持ちいいというのが伝わってくる……なんて愛おしい……はっ、……僕の、お姫さま……」

熱に浮かされたように囁《ささや》くジェラールの声が耳を擽《くすぐ》り、シルフィーナはもう限界が近づいてきた。

「ジェラール、も、むり……く、くるっ……」

泣きそうな声と共に、中が激しく脈打つ。

「僕も、です……一緒に……っ」

ジェラールは掠《かす》れ気味の声で言うと、一気に腰の律動を速くする。子宮口をノックするように突き上げられるたびに、シルフィーナの口から甘い歓喜の声が上がる。

「ジェラール、ジェラール……あっ、はあっ……ふぁ、あああぁあぁーっ……」

「……っ、く……っ」

そして二人は、ほぼ同時に昇《のぼ》り詰めた。

「あ……く……」

ジェラールがシルフィーナの中に熱い精を放ったあとも、彼女のそこはジェラール自身をなお引き込もうと締め上げる。シルフィーナはそんな自分の体をどうすることもできず、彼の下でただはあはあと息を乱し、うっとりしている。

「君には、敵《かな》わない――」

愛おしげにシルフィーナを見つめ、ジェラールは苦笑する。

ようやく呼吸が落ち着いたシルフィーナがジェラールを確認すると、彼は繋がったまま自分を抱きしめて倒れ込んでいる。

「ジェラール、い、生きてるか？」

ぴくりとも動かないので、思わず尋ねてしまうシルフィーナだった。

「……はい、生きてます。君の中があまりにも気持ちよくて、ある意味死にかけました」

「えっ、大丈夫なのか？」

「大丈夫ですよ。食いちぎられるかと思いましたが」

「え？　食いちぎられる？　なんのことだ？」

「……わからないなら気にしなくていいです」

「またそういうふうに言う。本当にあなたは、いつもずるい……」

「いえいえ、そんなことはありませんよ。僕だっていつも不意打ち食らってますから」

そう言ってジェラールが微笑むので、

「また、わけのわからないことを……」

と、シルフィーナは少し拗《す》ねた。

いつもジェラールだけ全部わかった様子で、自分が置いていかれているようで悔しいのだ。

「まあ、そう拗《す》ねないでください。決して悪い意味ではありませんからね？　とジェラールは、シルフィーナのこめかみにキスをする。

「……キス、一回じゃ足りない」

「ふふ、やっぱり君は可愛いですね」

ジェラールは幸せそうに微笑むと、シルフィーナの顔中《かおじゅう》にキスの雨を降らせていく。

そしてやがて、気持ちが落ち着いたシルフィーナがこう口にする。

「あっ、あのっ。今更なんですけど……こんなに毎晩抱かれた上に、中に注《そそ》がれたらすぐ妊娠してしまいそうで……」

「なにか問題があるんですか？　いいじゃないですか、産めば」

彼女の不安に、ジェラールは穏やかな笑みを浮かべる。

「僕は孤児だったせいかわかりませんが、子供がいっぱい欲しいです。十人でも二十人でも」

「じゅ、十人も産めませんっ」

いきなりなんてことを言うんだと、シルフィーナは首をぷるぷると横に振った。

「そうですか。君との子供なら、何人いても僕は嬉しいし愛おしいと思いますよ。一番愛しているのはもちろん君ですが」

「ジェラール……私も同じです」

シルフィーナは穏やかな笑みを浮かべ、ジェラールの頬にそっとキスを贈った。

「世界一幸せにします。だからずっと、僕の隣でそうやって笑っていてください」

「わかった。ずっとあなたの傍にいる」

「ええ。そして可愛いおばあちゃんになってください」

そう言ってジェラールは、もう一度柔《やわ》らかな笑みを浮かべる。その笑みに、シルフィーナの胸がきゅうっと締めつけられた。

切なくて、ほんの少しだけ苦しくて。だけど、とても温かな想いが胸の奥から湧き上がってくる。

（ずっとこの人と一緒にいたい。同じほうを見て、肩を並べて生きていきたい。守られるだけじゃなくて、私もこの人を守りたい）

そして、彼女の口からこれらの想いを表す一言が、ごく自然に零れ出る。

「愛してる。あなたを愛してる」

一瞬、目を丸くし驚いたジェラールだったが、すぐに力強く頷く。

「僕はもっと愛しています」

そうして微笑み合った二人は、甘く蕩《とろ》けるキスを交わす。

これからたくさんの愛に溢《あふ》れた素晴らしい日々を、二人は過ごしていくのだろう。

ベッドのサイドテーブルに置かれた二人分の婚約指輪が、月の光に照らされ、きらりと輝いた。

番外編

君と奏《かな》でる愛のワルツ

空はどこまでも青く、そして高く、ワイアール国の城内の木々が赤や黄色に色づき始めた頃。城の中は一つの話題で持ち切りになっていた。

それは、王妃主催のダンスパーティーが催《もよお》されることが決定したという話だ。騎士団に所属している者たちを中心に、貴族の令嬢なども招いた立食パーティーになるらしい。

ジェラールはその日も自分の屋敷の日当たりのいい一室で、シルフィーナに付き合ってダンスの特訓をしていた。

「うわっとと」

「やはりドレスは慣れませんか？」

ジェラールは、よろけたシルフィーナを支えてやる。

共に暮らすことが決まった時点でドレスは数十着用意しておいたが、動きにくいのは困るという理由で、シルフィーナは今日まで一度も着なかった。

「無駄に裾《すそ》が長くて、誤って踏みそうで……」

ダンスを練習しているのは、もちろんジェラールとシルフィーナもパーティーに参加するためだ。

「しかし君の成長ぶりは素晴らしいですね。あっという間に、ほとんど覚えてしまいましたし」

「それはあなたの教え方が巧《うま》いからです。踊ることがこんなに楽しいとは、知りませんでした」

爽《さわ》やかな笑みを向けてくるシルフィーナを、ジェラールは慈愛に満ちた瞳で見守っている。

「ダンスパーティーまで、あと一週間を切りましたね。君が納得いくまで練習に付き合いますよ」

「ありがとうございます」

どちらともなく微笑み合い、ふたたびステップを踏み始める二人だった。

そしてとうとう、ダンスパーティーの日がやってきた。

パーティー会場は、王が王妃のために新たに建てた離宮だ。日没を迎えた薄《うっす》らと暗い中に、ぼんやりと柔《やわ》らかな光を放つ丸いランプが点々と灯《とも》っている。まだ少し薄暗い会場は、すでに着飾った紳士淑女《しんししゅくじょ》で賑わっている。主催である王妃は、まだ姿を現していない。

「こんなに薄暗くて大丈夫なんでしょうか？」

確かにパーティーだという割には、人の顔が判別できる程度の明るさでしかない。もしかすると彼女は、もっと華やかな雰囲気を想像して楽しみにしていて、少し残念に思っているのかもしれない。

「大丈夫ですよ。王妃自《みずか》ら、このような場を設けたんですから心配ありません。これも一種の演出でしょう」

ジェラールがそう言い終わると同時に、一気に会場が明るくなる。

昼と錯覚しそうなほどの明るさは、魔法によってつけられた灯《あか》りのためだ。これほど強い光を放つ魔法を使えるのは、並の者ではない。つまり、王自《みずか》らが使った魔法だとわかる。

「ディースファルト陛下と、ノエリア妃のお出ましですね」

「……両名を、こんなに近くで拝見するのは初めてです」

二人を見つめるシルフィーナの瞳が夢見る乙女のようになっていて、ジェラールはくすりと笑う。彼女がそんな話をするのも無理はない。

国王であるディースファルトは、花嫁を募《つの》った際、国中《くにじゅう》の娘たちが駆けつけてきたのではないかというくらい、城に大勢の花嫁候補が集まったほどの美形なのだ。

その妃であるノエリアは、絶世の美女というわけではないが、どこか人懐こい魅力的な女性である。王の銀髪と妃の深紅の髪もお互いを引き立てあい、お似合いの二人だ。

二人の登場にしばらくざわついていた会場だったが、妃であるノエリアが口を開くと皆静まった。

「皆さん、今夜はここに集まってくださってありがとうございます。白獅子騎士団と聖ステラ騎士団の皆さんの日頃の働きを讃《たた》えて、ダンスパーティーを開催する運びとなりました。どうぞ心ゆくまで楽しんでいってください！」

歓声と共に、各所から拍手が沸き起こる。それからすでに会場入りしていた宮廷音楽団が、音楽を奏《かな》で始めた。穏やかだが少し軽やかで心が華やぐような旋律《せんりつ》が流れていく。

まだパーティーが始まったばかりだというのに、シルフィーナがテーブル上に所狭しと並べられた料理を眺めていることに、ジェラールは気づいた。

「もうお腹空いちゃったんですか？」

「少しだけ……ドレスがきつくなると動きにくいので、今朝からあまり食べていませんし」

「そんなこと気にしなくていいですよ。なにかあっても、ずっと僕が傍にいますし。存分に食べて飲んで満喫《まんきつ》してください」

「ですが……」

「今夜は任務で来ているわけじゃありませんし、もっと肩の力を抜いて気楽にいきましょう」

白を基調としたダンス用の礼服に身を包んだジェラールは、シルフィーナを諭《さと》すように語りかけた。

「……そう、ですね」

ここまで来てもなお生真面目《きまじめ》なシルフィーナに苦笑しつつ、またそんな彼女が愛おしいとジェラールは思う。欲を言えば、もう少し自分を頼って甘えてほしいものだが。

「このような場所では、女性が主役なんですから」

自分の隣でまだ緊張気味のシルフィーナの頬をやさしく撫《な》でる。

「それに、今日のドレスもとてもよく似合ってますよ。もちろん、練習用ドレスも素敵でしたが。君をエスコートできることを、とても光栄に思います」

改めて自分の最愛の婚約者の晴れ姿を、ジェラールは愛おしく思い見つめる。

腰まである艶《つや》やかな黒髪は頭の上のほうでまとめられ、ふんわりとピンクに色づいた花の装飾で飾られている。吸いつきたくなるような白いうなじや、大きく胸元が開いたデザインは、普段騎士服をきっちり着込んでいるシルフィーナのイメージと違う。むき出しの肩や肌は、それだけで甘くジェラールを誘っているように感じてしまう。

淡いピンク色のドレスは動くたびに、尾ひれの長い観賞魚のようにゆったりと優雅に揺れた。すべてが可憐《かれん》で艶《なま》めかしく、彼女自身が甘い甘い砂糖菓子の化身《けしん》のように思えてくる。それほどにドレスアップした今夜のシルフィーナは魅力的だ。

実際、彼女がここへ来たときから、周りの男たちの視線がわかりすぎるくらいに彼女に向いている。表には微塵《みじん》も出さないジェラールだが、内心その視線が煩《うるさ》いと感じていた。

(今更気づいても遅いですよ。僕のシルフィーナは、いつだって世界一綺麗《きれい》で可愛い)

中指でくいと眼鏡を上げる。それからお腹を空かせているシルフィーナのために、テーブルに並ぶ料理を物色する。

ちょうど兎《うさぎ》の形にカットされた黄緑の皮のついた果実が目に留まる。このリッカという果実は、程よい甘さで、果汁もたっぷり含み、喉も潤《うるお》してくれる。それを近くに置いてあるフォークで刺し、どうぞとシルフィーナの口元に運ぶ。

「え、あの……」

「果物くらいなら食べても平気でしょう。ほら、遠慮はいりませんよ」

戸惑うシルフィーナを促《うなが》しながら、ジェラールはその様子を見守る。

「では、いただきます……」

おずおずと口を開き、自分が差し出したリッカを控えめにかじる彼女が可愛くて堪《たま》らない。恥《は》じらいながらしゃくしゃくと咀嚼《そしゃく》しているシルフィーナを見ていると、とても心穏やかな気持ちになった。

そして最後の一口となったところで、ジェラール自《みずか》らリッカをぱくりと食べた。その瞬間、シルフィーナは口を開けたまま固まってしまった。

「いえ、君があまりにも美味《おい》しそうに食べるので、僕も味見したくなったんですよ」

「……っ」

「ふふ、そんな顔しないでください。おかわりはいっぱいありますから」

そう言ってジェラールは二つ目のリッカを彼女の前に差し出した。そして彼女は吸い寄せられるように、ふたたびかじりついた。

（ああ、なんでしょうねえ。この可愛らしさは。永遠に餌付《えづ》けしていたくなりますね）

にこにことジェラールが悦《えつ》に入《い》っていると、衛兵がやってきて、ぼそりと耳打ちする。

「わかりました。すぐそちらに向かいます」

衛兵にそう言い、ジェラールはシルフィーナに向き直る。

「すみません、少し席を外します。すぐ戻ってくるので、ここにいてください」

「はい、わかりました」

（一秒でも離れたくないというのに）

わずかに気分を害しつつ、ジェラールは目的の場所へ足早に向かう。一刻も早く用事を済ませて愛しいシルフィーナのもとへ戻るためだ。

扉を二回ノックし中へ入ると、先に来ていたらしいオードリックが目で挨拶《あいさつ》してきた。

その彼の少し先、来客用のソファにゆったりと腰を下ろしている人物を見る。

「お久しぶりね、ジェラール」

目の前の妖艶《ようえん》な美女が、聞き惚れるような声で再会の言葉を紡ぐ。

「あなたもお元気そうでなによりです」

平然とそう答えたものの、内心ジェラールは面倒なことにならなければいいがと思う。

オードリックと三人で軽く話をしたあと、ジェラールは早々に部屋をあとにした。

「やれやれ……」

軽く溜息を吐き、パーティー会場へ急いで戻る。真っ先に探すのはシルフィーナの姿だ。ジェラールに言われた通り、先ほどと同じ場所に彼女はいた。ほっとして彼女に歩み寄ろうとすると、シルフィーナと同年代くらいの若い男が隣に立っているのが確認できた。距離が近づくにつれ、二人の会話が聞こえてくる。

「へえ、じゃあ今は一人なんだ」

「でも、すぐに戻ってくると……」

「一曲くらい付き合ってくれてもいいだろう？　今日のパーティーに、こんなに可憐《かれん》なご令嬢がいるなんて知らなかったよ」

そう言いながら、男は許可も得ず勝手にシルフィーナの手を握った。だが彼女は、すぐにその手を振り払った。

「気安く触れないでいただきたい」

毅然《きぜん》とした態度で言い返すシルフィーナを見て、ジェラールは感動する。彼女の騎士としての腕前は確かなものだし、か弱いだけの女性でないことは知っている。それでも、自分との約束を守ろうとしてくれている姿を見て、喜びでいっぱいになった。

「この……っ、下手《したて》に出てやってるのに、生意気な！」

まさか手を振り払われるとは思ってもいなかったのか、プライドが傷つけられた男は、強引にシルフィーナの手を掴《つか》もうとした。しかし彼の手がシルフィーナに届くことはない。

「いやはや、僕の婚約者が魅力的なのはわかりますが、乱暴なことをされるのは困りますねぇ」

「痛《いだ》だだだだっ！」

さほど力を込めたつもりはなかったが、ジェラールによって手を捻《ひね》り上げられた男は情けない悲鳴を上げた。

「大丈夫ですか？」

「はい。ありがとうございます」

自分の姿を見つけて、緊張の糸がほぐれたシルフィーナの様子にジェラールは目を細めた。

「君が無事で安心しました」

「そちらの用事は、もう済んだんですか？」

「ええ。なにも問題はありません」

「そうですか」

こうして二人が会話を続けている間も、男はずっと悲鳴を上げている。

「痛《いて》えっつってんだろ！　この馬鹿力っ！」

「あ、忘れてました」

つまらないものを捨てるように、ジェラールはパッと手を離した。

「手首がもげたら、どうしてくれるんだっ！」

「よかったですね、繋がっていて。お詫びにこれをどうぞ」

微笑んでそう言いながら、ジェラールは籠《かご》に盛られている、カットされていないリッカを一つ手に取り、男の手のひらに押しつける。

「ふざけ……」

「警告ですよ」

男の声を遮《さえぎ》るようにジェラールが発した声は、恐ろしく重く冷たいものだった。

リッカからジェラールが手を離すと、強引に握り潰した果実が、ポタポタと瑞々《みずみず》しい汁を滴《したた》らせる。

「ひっ……！」

ジェラールの眼鏡の奥の射るような視線に青ざめた男は、情けないへっぴり腰を披露《ひろう》しながら会場から逃げていった。

（この程度で済ませてあげたことに感謝してほしいですね。僕のシルフィーナに不快な

思いをさせたのですから）

そして、当の本人に目をやると……彼女は必死にリッカを握り潰そうとしている。

「なにをしているんです？」

「いえ、やはりあなたのように強くなるには、リッカくらい潰せないといけないのかと思って」

必死で両手に力を込めるシルフィーナの様子に、思わずジェラールは噴き出した。

（ああ、本当に……君には敵《かな》わない）

ついさっきまで男に対して殺気に近い感情を持っていたのに、瞬時にそれが消えてしまった。今、ジェラールの心の中を満たす感情は、シルフィーナへの愛おしさだけだ。

「そんなのはできなくてもいいんです。それよりせっかく来たんです。一曲踊りませんか？」

「……もう、踊るんですか？」

「人前で踊るのは恥《は》ずかしいですか？」

クスクス笑いながら問うと、シルフィーナはこくりと頷いた。

「大丈夫ですよ。僕と一緒ですから……お手をどうぞ、お姫さま」

優雅な仕草で手を差し出したところ、シルフィーナは頬を赤く染めながら、おずおずと手を重ねてきた。

「よろしく、お願いします……」

すでに他の参加者で溢《あふ》れているダンスホールへ向かうと、ちょうどいいタイミングで曲が終わる。ホールの端の空いた場所に立ち位置を決めたとき、次の曲が始まった。

「よかったですね、君が大好きな曲ですよ」

「はい」

シルフィーナがお気に入りの『愛と夢のワルツ』が流れ始める。暖かな春の日差しや木漏れ日の森の中を散策しているような感じから始まり、それからゆったりとどこかを漂いながら夢の中に入っていくような旋律《せんりつ》に変わっていく。ダンスとしての難易度は中の上といったあたりだ。

ホール内を二周する頃にはシルフィーナの緊張も完全に取れた様子で、口元に控えめながら笑みが浮かんでいる。それに気づいたジェラールは自分も嬉しくなる。

「楽しそうですね」

言いながら穏やかに微笑んでみせると、シルフィーナもそれに応《こた》えるように微笑み返してきた。

「一緒に踊っているのが、あなただから……」

自分を見つめてくる紫の瞳が、慈愛に満ちていて幸せだと言わんばかりに艶《つや》めいて見える。おそらく本人は気づいていないだろうが、今のシルフィーナの表情からはジェラールが愛おしいという気持ちが溢《あふ》れている。ダダ漏れと言ってもいいかもしれない。すでに勘のいい者たちはそれに気づき、ジェラールとシルフィーナを温かな目で見守り始めている。

ダンスが進むにつれ、他の参加者がぽつぽつとダンスホールから消えていく。

（気を利かせた……というより、僕たち二人の甘い雰囲気に圧《お》されたようですね。でもまあ、せっかくなので広々としたホールを満喫《まんきつ》しますか）

「シルフィーナ、なぜ僕は今日ここに来たんだと思いますか？」

「ダンスを楽しむためでは？」

シルフィーナに聞き返され、ジェラールは小さく首を振った。

「僕はね、君を皆に見せびらかしに来たんです。僕の奥さんになる人は、こんなに可愛くて綺麗《きれい》なんだって」

「え……」

「だって僕だけしか君の魅力を知らないなんて、もったいないでしょう？」

「はあ」

合点がいかない様子のシルフィーナは、曖昧《あいまい》な返事を返してきた。

「つまり、君を自慢しに来たんです」

「へっ⁉」

にこりと微笑みかけると、シルフィーナは一瞬わけがわからないという顔をした。

「私など、自慢するほどのものでは……」

「お馬鹿さんですねぇ、そう思っているのは君だけですよ」

(入団してきた頃は、まだ少女っぽさが強かったというのに……君は日々魅力的になっていく。愛おしくて堪《たま》らない)

思わず口づけたくなったジェラールだが、公衆の面前ということもあり、シルフィーナの頬に唇を寄せた。

「愛しています」

今言うつもりはなかったのに、ぽろりと本音が零れ出た。

「……っ」

ダンスの最中に愛の告白をされるとは思ってもいなかった様子のシルフィーナは、言葉に詰まる。赤くなって口をパクパクさせているのは、おそらく自分もそうだと伝えたいのだろう。

「はい、わかってます」

「ジェラール……」

するとシルフィーナがジェラールの手を引き寄せ、その指先に口づけを落とす。

「今はこれで精一杯だから」

必死に自分の想いを伝えようとしてくれるシルフィーナに、胸が熱くなる。

「そんなに可愛いことをされたら、押し倒したくなるじゃありませんか」

「い、今は駄目だっ」

「今は？」

ジェラールが熱を孕《はら》んだ瞳で見つめ返すと、こくりと頷かれた。

「家に帰ってから、なら……」

はにかみながら必死に伝えてくれるのが嬉しくて、ジェラールは微笑みと共に頷いた。

やがて演奏が終わると、嵐のような拍手が沸き起こった。

「っ!?」

ダンスに夢中だったシルフィーナは、思いもよらぬ状況に驚きを隠せないようだ。無理もない、今ダンスホールに残っているのはジェラールとシルフィーナだけなのだから。

「あはは、すごい拍手ですねえ」

笑いながらジェラールは、観衆に一礼する。

「やだっ」

シルフィーナは真っ赤になって、ジェラールの胸に顔を埋《うず》めてきた。それを見た観客たちが、さらに盛り上がる。

「僕たちのダンスはご好評いただけたようです。よかったですね」

胸にしがみついたままのシルフィーナと共に、ダンスホールをあとにする。

（あれだけ堂々と踊っておきながら、今更そんなに恥《は》ずかしがるなんて。君は可愛さで僕を悶《もだ》え殺す気ですか！）

シルフィーナのことを思い、人がなるべく少ない壁側のところまで移動する。

「もう大丈夫ですよ」

やさしく語りかけると、おずおずと頭を持ち上げるシルフィーナだが、まだ顔は火《ほ》照《て》っているようだ。

「……教えてくれたって、いいじゃないですか」

「君があんまり幸せそうに踊っているのに、水を差すのも無粋《ぶすい》だと思いまして」

「教えてくださいっ！　そういうことは」

「ふふ。じゃあ次は覚えていたら、そうしますね」

「絶対覚えてろっ！」

シルフィーナに睨《にら》まれても、ジェラールは頬が緩みっぱなしだ。少しばかりふてくされている彼女をぎゅうぎゅうと抱きしめると逃《のが》れようともがくが、それすらも愛おしく思える。

しばらくそうしていたところ、ふと会場の灯《あか》りが消える。数秒後一筋の光が会場の中心に当てられたときには、そこに美女が佇《たたず》んでいた。

何枚もの薄布を重ねたような衣装はとても扇情的《せんじょうてき》だが、決して品を欠いたものではない。異国の巫女《みこ》や占い師のようでもある。豊かな金髪が膝下まで波打って広がり、肉感的な赤い唇と緑の瞳が印象的な勝ち気そうな美女だ。

ただそこにいるだけで圧倒的な存在感があり、また溢《あふ》れるほどの色気を漂わせている。白獅子騎士団長のオードリックのエスコートで、その場へ現れた彼女は優雅に一礼する。彼女がふたたび顔を上げたときには、その一見華やかな雰囲気は静謐《せいひつ》なものへ変化していた。

彼女は深呼吸すると、どことも定まらぬ宙を見据える。そして次の瞬間、その白い喉元から、見かけからは想像もつかない聲《こえ》が迸《ほとばし》った。高音だが決して耳障《みみざわ》りではなく、むしろ心地いい。どこか禁欲的なのに華やかさがあり、また清らかな響きでもある。

まさにそう形容するにふさわしい聲《こえ》だ。

――天の聲《こえ》。

（歌姫の異名《いみょう》は伊達《だて》じゃありませんねぇ）

歌姫の名はフィアールカという。その聲《こえ》が放つ旋律《せんりつ》は、神へ捧《ささ》げる祝詞《のりと》といわれている。この歌姫フィアールカとは護衛任務で何度か一緒になったことがあり、ジェラールと彼女は顔見知りだ。

今この場にいるすべての者が、彼女の聲《こえ》に聞き入っている。それはシルフィーナとて例外ではない。さっきまであんなに顔を赤くしていたのに、フィアールカの歌声を耳にするなり落ち着きを取り戻し、酔いしれている。

（ああ、そんな無防備な顔をして……少しばかり癪《しゃく》ですね）

自分以外の人間に彼女が注目するのが面白くない。ジェラールは、辺りが薄暗いのをいいことに、抱きしめていたシルフィーナの首元に顔を埋《うず》め、耳朶《みみたぶ》や首筋に唇を押し当てて続ける。

彼女の体は敏感に反応し、焦ったシルフィーナは声が漏れないように慌てて両手で自分の口元を覆《おお》った。そんな彼女の様子を窺《うかが》いながら、痕が残らないようにやさしく肌を吸っては離すということを幾度《いくど》も繰り返す。

こうして歌姫の歌が終わるまで、ジェラールは控えめな（？）愛撫を続けたのだった。

「あなたはもう少し時と場所をわきまえるべきだ……！」

頬を赤らめたシルフィーナに睨《にら》まれ、やりすぎたかと思うジェラールである。だが反省はしていない。

「これでも十分控えたんですけどねぇ。男の可愛い嫉妬《しっと》だと笑ってやってください」

「可愛くないし、なにが嫉妬《しっと》だ。理解不能だっ」

そうして二人が痴話喧嘩《ちわげんか》をしていると、近くにいた参加者がざわめいていることに気づく。その原因は、つい先ほど歌い終えた歌姫だ。その類《たぐい》まれな聲《こえ》をもつ歌姫が、真っ直ぐにジェラールとシルフィーナ目指して歩いてくる。

彼女の視線はなぜかシルフィーナに注《そそ》がれていて、ジェラールのことは挑発するように一瞥《いちべつ》した。

「そんなに声を荒らげていては喉が荒れてしまうわ。よかったらどうぞ」

そう言って彼女がシルフィーナに差し出したのは、果実酒の入ったグラスだ。

「ありがとうございます」

礼を述べグラスを受け取ろうとしたシルフィーナを遮《さえぎ》り、ジェラールがそれを横から掠《かす》め取る。

「歌姫が僕のシルフィーナになんの御用です？」

飲み慣れていないシルフィーナは、酒と名のつくものにめっぽう弱い。それがわかっているジェラールは未然にそれを防ぎ、近くを通りかかった給仕から果物を搾《しぼ》ったジュースを受け取ると、シルフィーナに手渡す。

「可憐《かれん》な舞姫とお近づきになりたくて、ご挨拶《あいさつ》に来たのよ。初めまして、私はフィアールカというの。よろしくね」

「は、はい。騎士のシルフィーナと申します。こちらこそよろしくお願いします」

「あなたのダンス、とても素敵だったわ。それにとても可愛かった」

ふわりとフィアールカが微笑むと、なぜかシルフィーナの頬が仄《ほの》かに色づき、ジェラールは複雑な気持ちになる。

「そんな、私など、まだまだ未熟で……」

果実酒を一気に飲み干したジェラールが、シルフィーナを抱き寄せる。

「先に断っておきますが、シルフィーナはあげませんよ。僕の最愛の婚約者ですから」

「な、なにを言ってるんだ？」

訝《いぶか》しげに自分を見上げてくるシルフィーナは、『相手は女性だ』とでも言わんばかりの表情だ。対するフィアールカは、好奇心にキラキラと瞳を輝かせている。

（ああ、あの目はヤバい……獲物を見つけたときの目だ）

「ジェラール、痛い……」

自分でも気づかぬうちにシルフィーナを抱きしめる腕に力が入っていたとわかり、すぐに力を緩めてやる。そのときを狙いすまし、フィアールカのすらりとした腕が伸びた。そしてシルフィーナの頬に触れ、ふわりと撫《な》でた。不意を突かれ、珍しく一瞬ジェラールは驚きの表情を浮かべた。

「うふふ。私のエスコートを断った、ささやかな仕返しよ、ジェラール。じゃ、またどこかで」

熱烈な投げキッスと共に、妖艶《ようえん》な歌姫は立ち去ったのだった。

その姿が人混みの中へ消えていくと、シルフィーナがポツリと口にする。

「同じ女性なのに、なぜかドキドキしてしまいました」

「彼女は駄目ですよ。それに君は僕の奥さんになるんですから」

「駄目とは、なにが？」

ジェラールの言わんとすることがあまりよくわからなかったようで、シルフィーナは首を傾げる。

「彼女は、いわゆる両刀というやつです。彼女にとって性別など関係ありません。そして君は少なからず気に入られてしまったようです……」

「えっ……えええ⁉」

「なにかの行事がない限り会うことはないと思いますが……油断は禁物ですね」

（気持ちはわからなくもないですが、シルフィーナが歌姫にときめいたことは面白くなかったです。だから朝まで抱き倒しましょう。僕の心と体すべてを君に刻み込んであげます。だから……）

「覚悟してくださいね？」

「ん？　なにか言いましたか？」

どうやらシルフィーナには、はっきりと聞き取れなかったようだ。

「いいえ、こちらのことです。パーティーはまだ続いています。存分に楽しみましょう」

言いながら満面の笑みを浮かべるジェラールである。

「というわけで、もう一曲、僕と踊っていただけませんか？　もう恥《は》ずかしくはないでしょう？　僕の可愛いお姫さま？」

ジェラールが、そっと右手を差し出すと、はにかんだ様子のシルフィーナに手を重ねられた。

そして恋人たちは、色鮮やかなドレスの花が咲き乱れるダンスホールへ向かい、新たな花として加わった。

――薄暗かった外は、すっかり深い濃紺の空に変化し、いつまでも二人を祝福するように、皓々《こうこう》と星が輝いていた。

書き下ろし番外編

笑顔の理由

サフラの枝から白く丸い花びらが散り、若葉が映《は》える季節が訪れた。少し動くと軽く汗ばむ陽気だ。

「君の髪は本当に触り心地がいいですね」

低めのやさしげな声には、自然と甘さがにじみ出る。毎日のように耳にする声は、目を開けずとも最愛の人のものだとわかる。その身を包むのは騎士団長の衣装だ。夜着のまま鏡台の前に座るシルフィーナのうしろに立ったジェラールの手には櫛《くし》が握られている。共に暮らすようになってから、シルフィーナの髪を整えるのはジェラールの日課となっていた。

「毎朝、よく飽きませんね」

少し呆《あき》れたように言いながらも、シルフィーナは自分の髪にやさしく触れるジェラールの指先を、とても心地よく感じていた。目を閉じているのは、心地よさに眠気がぶり返してきたからだ。それほど自分に気を許してくれていることが嬉しいのか、ジェラールは艶《つや》やかな黒髪を愛おしげに見つめる。

「僕が君のことで飽きるなんてことは、なにもありません。僕は時間の許す限り傍にいて君を感じていたいんです。家を出れば、君と触れ合う時間が減っちゃいますから」

「騎士団でも一緒じゃないですか」

「そうなんですけどね。一緒に暮らせば気持ちが落ち着くかと思ったんですが、君への愛おしさは日々増すばかりです」

きゅっと頭皮が引き上げられる感覚がしたかと思うと、あっという間にポニーテイルが完成した。なめらかで無駄のない動きは手品を見ているようだ。

「はい、完成」

「ありがとうございます」

鏡越しに微笑むジェラールと視線が重なり、シルフィーナはわずかに頬を赤らめる。もう数えきれないほど見てきた顔なのに、いまだにときめく自分が恥《は》ずかしくもあり、嬉しくもある。ふわりと背後から抱きつかれ、頬を寄せられた。だが男らしく引き締まった唇から小さな吐息が漏れた。

「はあ……」

「どうしたんですか、溜息なんてついて」

「このまま君を感じていたいのに、今日も出勤しなくてはならないのかと思うと離れたくないなぁ、と」

本来であれば、今日は休日だった。しかし、昨日の夕方、騎士団長二人は今日開かれる緊急会議に出席することになったのだった。

ジェラールは名残惜しいとばかりに、シルフィーナにすりすりと頬擦《ほおず》りする。

「……散歩がてら城まで一緒に行ってもいいです」

（ああ、だめだ。普通の女の子みたいに可愛く言えない……）

酷くぶっきらぼうな言い方をしてしまい軽く後悔する。素直に付いていくと言えないシルフィーナの、精一杯の意思表示だったが、それは無用の心配だった。

「はい」

ジェラールは満面の笑みで返事をした。シルフィーナを心底愛しているジェラールに、彼女の思いはしっかりと伝わっていた。

城に着くと、もう一人の騎士団長オードリックの姿があった。

「おはよう、二人で来るなんて仲良しだね」

こちらに気づいたオードリックが挨拶《あいさつ》した。

「そっちこそ。さっき君の奥さんとすれ違いましたよ」

「『リンドルムの妖精』はいつ見ても綺麗《きれい》ですね」

ジェラールとシルフィーナが言葉を返すと、金髪の騎士団長は嬉しそうな笑みを浮かべた。オードリックの妻は妖精と別名がつくほど可憐《かれん》で、彼の寵愛を一身に受けている。

「ジェラール様、陛下がお呼びです」

三人が話していると、衛兵がジェラールを呼びに現れた。

「わかりました。というわけなので行ってきます」

シルフィーナの頬に軽く唇を押し当て、愛情たっぷりの笑みを残し、ジェラールは立ち去った。今でこそシルフィーナは受け入れているが、慣れるまでは傍《はた》から見ると滑稽なほど激しく動揺していた。

「愛されてるね、シルフィーナ」

「恥《は》ずかしいところをお見せしてすみません……」

（ああ、もう……少しは人目を気にしてくれたらいいのに。恥《は》ずかしい思いをするのは私なんだぞ！）

ジェラールと違い、真面目なシルフィーナは人前での愛情表現にまだ抵抗がある。決して嫌ではないが、気恥《きは》ずかしくて反応に困る。

「でも、そんなジェラールも愛してるんだろう？」

どこか楽しそうにオードリックはシルフィーナに問う。親友の大切な女性を見守る視線は、穏やかでやさしい。

他に美しかったり可愛かったり、魅力的な女性はたくさんいる。それなのに、ろくに着飾ることもせず、愛情くらいしか捧《ささ》げるものがない自分を、ジェラールは一途に想ってくれる。それは婚約してからも変わらない。今まではただ恥《は》ずかしいだけだったが、最近ではジェラールの愛情に応《こた》えきれていない自分を少しもどかしく感じるようになった。

（もっと素直に愛情表現できたらいいな。私だって負けないくらいジェラールを愛してる）

「はい、とても――とても愛しています」

シルフィーナはジェラールへの愛情を穏やかな笑みと共に紡ぐ。その様子は、オードリックが目を奪われるほど愛情に溢《あふ》れ美しかった。

そんな二人の様子を目撃したジェラールの表情がわずかに強張ったことを、シルフィーナは知る由《よし》もなかった。

翌日、騎士団での仕事が一段落し、シルフィーナが中庭で休憩をとっているとオードリックが通りかかった。

「オードリック様、昨日はお疲れ様でした」

「そうでもないよ。会議は一時間とかからなかったし」

「そのようですね。でもジェラールは貴重な時間が減ったと、少しふてくされていました」

「君と過ごす時間が減ったのが、よほど気に入らなかったんだろうな」

シルフィーナとオードリックはくすくすと笑い合う。そこへジェラールがやってきた。

「二人でなにをそんなに楽しそうに話してるんです？」

笑顔で問いかけるジェラールだが、その声にわずかな棘《とげ》が含まれていることに、オードリックだけが気づく。

「ただの日常会話だよ。ね、シルフィーナ？」

「はい」

シルフィーナが返事をすると、ジェラールは小さな溜息を吐いた。

「そうですか」

ジェラールが呟いた。ふたたびオードリックと談笑し始めたシルフィーナだったが、なぜかたびたび寒気を感じた。

(今日は昨日より暑いくらいなのに、風邪か……?)

小さな疑問を抱きながら、シルフィーナがオードリックに何度目かの笑顔を見せたとき、急に視界が塞《ふさ》がれた。ジェラールが自分を隠すように胸に抱き込んだのだ。

「いきなりなんですか?」

「もう我慢できません。僕以外の男の前で、そんな可愛い顔で笑わないでください」

「へ……?」

焦《じ》れた表情で告《つ》げるジェラールをぽかんと見つめるシルフィーナ。自分は普通に会話していただけなのに、これは一体どういうことだろうか。

「なるほど。たびたび私に刺さるような視線を飛ばしてきたのはそういうことか」

くくっと笑い、オードリックは肩を震わせる。なにしろ、シルフィーナが笑顔を見せるたび殺気に近い視線がオードリックへ向けられていたのだ。

「過去とはいえ、君はシルフィーナの憧《あこが》れでしたから」

鈍いシルフィーナには、二人の会話がなにを意味しているのかさっぱりわからない。

「なに二人だけで納得してるんですか? 説明してください」

「その必要はありません」

笑顔で言い切るジェラールに、オードリックが続けて発言する。

「ジェラールは君が他の男性に笑顔を見せるのが我慢ならないようだよ。その相手が私だとなおさら」

「そんな無茶な」

「つまり妬《や》いてるわけだ」

決定的な一言に、ジェラールの笑顔が凍りつく。

「ヤキモチ？　なんで今更……」

自分はジェラールと婚約している。なのになぜ彼が妬《や》くのかと、恋愛に疎《うと》いシルフィーナは疑問を口にした。

「君は以前より笑顔を見せるようになりましたし、笑うと余計に可愛いんです。他の男に見せたくありません」

ジェラールの声にはいつものような落ち着きがない。シルフィーナを独占したくて仕方がないのだろう。抱きしめる腕に力が入る。

「そんなこと言われても困ります」

焦《じ》れるジェラールの気持ちに気づかないシルフィーナは、きっぱりと言い切った。

「ああ、この世の邪魔者をすべて排除しても罪に問われなければいいのに……」

その言葉の意味するところは、自分以外の同性を亡き者にしたいということに他ならない。

「そんな物騒なことを口にするものではないよ、ジェラール」

「こんなに綺麗《きれい》で可愛いシルフィーナが笑顔を見せたら、皆、彼女を好きになっちゃうじゃないですか」

「君の婚約者だと知った上で、シルフィーナにちょっかい出そうなんて命知らずはいないよ」

「そうでしょうか、視力だけでも奪っておいたほうが……」

シルフィーナのこととなると、ジェラールは余裕がなくなる。それはこの極端な発言からも明らかだ。

「ジェラール、あなたがそれを言うと洒落《しゃれ》になりません。もし仮に誰かに好意を寄せられても、きっちり断りますし、私にとってこの世でもっとも大切な存在はあなたです」

「……シルフィーナ」

どこか不器用で真面目なシルフィーナが発する言葉だからこそ、ジェラールの心にしっとりと染み込んでいく。その顔に安堵《あんど》の表情が浮かんだ。

「それに、シルフィーナがこんなに柔《やわ》らかく笑えるようになったのは、君のお陰じゃないか」

オードリックの言う通りだった。ジェラールと過ごすうちに、シルフィーナは以前より表情豊かで魅力的になっていた。そして、一番美しいのはジェラールへの愛情が込められた笑みだった。

「嫉妬《しっと》に支配された男は視野が狭くなっていけない。なあ、ジェラール？」

「ほっといてください」

オードリックのからかい交じりの発言に、ばつが悪そうに呟くジェラール。なぜかその様子が、とても可愛く思えて、シルフィーナは笑みを深くした。

本書は、2018 年 10 月当社より単行本として刊行されたものに書き下ろしを加えて文庫化したものです。


この作品に対する皆様のご意見・ご感想をお待ちしております。

おハガキ・お手紙は以下の宛先にお送りください。

【宛先】

〒 150-6008 東京都渋谷区恵比寿 4-20-3 恵比寿ガーデンプレイスタワー 8F
（株）アルファポリス　書籍感想係

メールフォームでのご意見・ご感想は右のＱＲコードから、
あるいは以下のワードで検索をかけてください。

アルファポリス　書籍の感想　検索

ご感想はこちらから

ノーチェ文庫

騎《き》士《し》団長《だんちょう》に攻略《こうりゃく》されてしまった！

桜猫《さくらねこ》

2020 年 6 月 30 日初版発行

文庫編集－斧木悠子・宮田可南子
編集長－太田鉄平
発行者－梶本雄介
発行所－株式会社アルファポリス
〒150-6008 東京都渋谷区恵比寿4-20-3 恵比寿ガーデンプレイスタワー8F
TEL 03-6277-1601（営業）　03-6277-1602（編集）
URL https://www.alphapolis.co.jp/
発売元－株式会社星雲社（共同出版社・流通責任出版社）
〒112-0005 東京都文京区水道1-3-30
TEL 03-3868-3275
装丁・本文イラスト－緋いろ
装丁デザイン－AFTERGLOW
（レーベルフォーマットデザイン－ansyyqdesign）
印刷－株式会社暁印刷

価格はカバーに表示されてあります。

落丁乱丁の場合はアルファポリスまでご連絡ください。

送料は小社負担でお取り替えします。


ISBN978-4-434-27351-3 C0193